2 Päpste + Martin Luther = 2012

Ein mystischer

Countdown?

Friedrich Victor Schlicht

Deutsche Bibliothek - CIP Einheitsaufnahme

Schlicht, Friedrich Viktor
2 Päpste + Martin Luther = 2012

ISBN 978-3-8482-1848-6
Originalausgabe
1. Auflage, Oktober 2012

Herstellung und Verlag: Books on Demand GmbH, Norderstedt

Für Claudia und Marietta

2 Päpste + Martin Luther = 2012 - Ein mystischer Countdown?

Als Scherz fassen die Redakteure eine in ihrem Verlag gefundene Kurzfassung der Menschheitsgeschichte auf, und als Scherz verkaufen sie diese Schrift deshalb auch einem ihrer Kollegen; denn angeblich hat Erzengel Metatron sie verfasst für einen himmlischen Kongress, auf dem ein Datum für das Weltende gefunden werden soll. Die Sprache verschlägt es ihnen aber, als diese auf den biblischen Erzählungen aufbauende Schrift von einem Priester für eine Inspiration Gottes gehalten wird, weil sie mit den biblischen Erzählungen einen von Gott gegebenen Sinn vermittle. Und als sich dann auch noch herausstellt, dass die verwendeten geschichtlichen Daten unleugbar auf das von den Mayas angekündigte Weltende im Jahr 2012 hinweisen, vergeht selbst den hartgesottenen Journalisten das Lachen...

Zu fragen bleibt deshalb:
Ist die unheilvolle Bedeutung der geschichtlichen Daten ernst zu nehmen?

*Es gibt mehr Ding` im Himmel und auf Erden,
Als Eure Schulweisheit sich träumen lässt.

Inhalt

Zu diesem Buch

Verwirrend mag erscheinen, was nun folgt. Es war ursprünglich als Scherz gedacht und begann auch so, endete aber in einer Katastrophe, zumindest für einen Kollegen unseres Redaktionsteams. Wir sind eindeutig zu weit gegangen. Ihm zu Ehren führen wir deshalb mit der Veröffentlichung dieses Buches nun zu Ende, was er offenbar mit dem Mut der Verzweiflung begonnen hat. Wenn Sie, verehrte Leserinnen und Leser, das Nachfolgende gelesen haben, werden Sie gewiss verstehen, weshalb dieser Scherz für empfindsame Gemüter "leicht ins Auge gehen" kann. Wir hoffen daher sehr, dass Sie das Nachfolgende wirklich nur als Scherz ansehen und sich durch die mystisch anmutenden Zahlenspielereien unseres Kollegen und dem von uns ausgebauten Zufallsfund in unserer Redaktion nicht aus der Ruhe bringen lassen. Denn nicht zu leugnen ist, dass die Ergebnisse seiner Spielereien objektiv nachvollziehbar sind. Und nur deshalb hat er sich wohl selbst in den Wahn getrieben, die Welt werde untergehen, und zwar genau in dem Jahr, das auch die Mayas als das Ende der Welt ansehen: Es ist das Jahr 2012, zu dessen Ende hin ein kalendarischer Zyklus geschlossen wird, der für die Mayas das Ende der Welt bedeutet, wie es heißt.

Lachen Sie jetzt bitte nicht voreilig über unseren ehemaligen Kollegen, denn auch Sie werden diese Zahlenspielereien erst verarbeiten müssen - und dann können Sie gerne über den viel zu gut gelungenen Scherz lachen, falls Ihnen danach noch nach Lachen zumute ist. Natürlich wird es Sie zunächst völlig kalt lassen, dass die Subtraktion (Minus-Rechnung) der 483 Jahre, die zwischen dem jeweiligen Amtsantritt der beiden letzten deutschen Päpste liegen, von der Jahreszahl 2012 (Jahr des von den Mayas angenommenen Weltunterganges) zwangsläufig das Jahr 1529 ergibt. Es ist aber ausgerechnet das Jahr, in dem auf dem 2. Reichstag zu Speyer die mutige Haltung Martin Luthers als Glaubensrichtung offiziell anerkannt wurde aufgrund der Proteste von Reichsstädten und Reichsfürsten gegen ihre Ablehnung. Die Anhänger Martin Luthers werden wegen dieser Proteste seither auch Protestanten genannt. Die Gründung einer eigenständigen Kirche folgte ein Jahr später mit der Confessio Augustana. Für Unwissende mag das alles zwar weiterhin wie Zufall und das Vorhergehende wie nonsens klingen, doch wird das Gefühl des Unsinns für Empfindsame schwinden, wenn deutlich wird, dass diese Zahl 483 genau das Geburtsjahr von Martin Luther ergibt, wenn man eine 1 davor setzt: Dann wird daraus das Jahr 1483.

Zu alledem kommt - wiederum rein zufällig - noch folgendes hinzu: Der vorhergehende deutsche Papst musste sich mit dem unliebsamen Martin Luther auseinandersetzen; der jetzige deutsche Papst nun mit jener vier-seitigen Zusammenfassung des Bibeltextes, die auf den folgenden Seiten nachlesbar ist - Wenn er sie denn überhaupt liest, werden Sie, verehrte Leser jetzt sicher denken. Wegen der von uns nur zufällig entdeckten und deshalb keineswegs beabsichtigten Brisanz ihrer Inhalte wird er sie jedoch sehr wahrscheinlich lesen. Nur deshalb fanden wir diese Schrift besonders gut geeignet für einen Scherz, mochte sie stammen, von wem auch immer. Leider kam unser Kollege anschließend auf die unselige Idee einer weiteren Zahlenspielerei mit der 1. Sie führte ihn zu folgendem Ergebnis:

Wenn man eine >1< vor die >6< von Hadrian VI, dem siebenten deutschen Papst, setzt, dann ergibt sich die >16< des jetzigen achten deutschen Papstes; Benedict XVI. Für unseren Kollegen war dies und eine andere, von ihm nur noch erahnte mysteriöse Eigenschaft der >6< schließlich ein Zu-Viel an Zufällen. Er glaubte nämlich danach, überall nur noch Hinweise auf den Teufel und das Ende der Welt zu sehen.

Aufgrund des uns nahegehenden Schicksals unseres ehemaligen Redaktionsmitgliedes erwähnen wir hier nochmals den Anlass für die Veröffentlichung der uns wegen ihrer denkwürdigen Zufälle außer Kontrolle geratenen Schrift: Mit dem Erlös dieses Büchleins wollen wir der Frau und den beiden Kindern unseres Kollegen eine kleine Wohltat zukommen lassen. Wir sind es ihr und auch ihm schuldig, so glauben wir. Friedrich Victor selbst, unser ehemaliger Kollege, bleibt für uns in seiner geistigen Umnachtung auf unabsehbare Zeit unerreichbar.

Auf der Folgeseite sind die einleitenden Worte zu lesen, die sich unser ehemaliger Kollege für seine Leser hat einfallen lassen. Sie hätten uns eine Warnung sein sollen.

Die Redaktion

Vorwort

Da mich in der Redaktion nach dem kleinen Vorfall - er ist der Anlass für dieses Büchlein - alle Mitarbeiter so ansahen, als wäre ich ein Todesengel, habe ich es selber in die Hand genommen, all das zu veröffentlichen, was sich in Zusammenhang mit diesem eigentlich unbedeutenden Vorfall zugetragen hat.

Selbstverständlich schreibe ich unter Pseudonym, um keine Rückschlüsse auf tatsächliche Gegebenheiten zu ermöglichen. Alles andere wäre über den Verlag aber sogar nachprüfbar per Lügendetektor (mein richtiger Name ist ja dem Verlag bekannt). Gerade das Überprüfbare ist jedoch das Unheimliche daran, ganz zu schweigen von den anderen Realitäten.

Folgendes war geschehen:
Eines Tages fanden wir zwischen den fertigen Drucken für unser Verlagshaus ein Schreiben, dem offenbar scherzhaft die Bemerkung vorangestellt worden war, dass es sich dabei um einen Kongress-Bericht des Erzengels Metatron handeln würde. Neugierig, wie wir als Journalisten nun mal sind, haben wir das natürlich gelesen und als Jux aufgefasst. Der Bibelkenner unter uns wurde anschließend jedoch sehr nachdenklich, weil dieser angebliche Kongress-Bericht die Erzählungen des Alten Testaments einerseits zwar völlig anders wiedergebe als gewohnt, er sie andererseits jedoch wesentlich logischer in ihrer Aussage erfasse als andere Auslegungen zuvor. Außerdem, so erklärte er, seien die Erzählungen derartig knapp im Zusammenhang gesehen und erzählt worden, wie er es noch nie erlebt habe. Darüber hinaus erfasse der Bericht auch das nicht mehr in der Bibel erwähnte Weltgeschehen, löse dabei ein ebenfalls bislang ungelöstes historisches Rätsel und beziehe es unter dem Aspekt der Ausbreitung des Christlichen Glaubens ebenso logisch in das Gesamtgeschehen ein wie das Vorhergehende. Der Bericht stoppe quasi erst in der Gegenwart.

Der Kommentar unseres Bibel-Kenners machte zwar zunächst keinen sonderlich tiefen Eindruck auf uns, hartgesotten waren wir allesamt, aber als dieser Kollege bei der nächsten Teamsitzung mit der Aussage ´rausrückte, dass der für seine Gemeinde zuständige katholische Pfarrer diese - ihm gegenüber als Eigenleistung - angeführte Sichtweise der biblischen Geschichten als von Gott inspiriert ansah, stockte uns doch der Atem: Woher kam dieser Bericht? In der Druckerei wusste man von nichts, beantwortete man unsere Nachfrage. Noch lange nach Weggang unseres Chefredakteurs saßen wir nach diesen Erkenntnissen diskutierend im Verlagshaus zusammen, und schließlich kam ich ins Spiel, gerade weil ich mich bisher zurückgehalten hatte. Neumännchen, unser Bibel-Experte, war damit aus dem Schneider. Er würde die Feuilleton-Seite der nächsten Ausgabe dieses Mal komplett allein füllen. Ich hatte mich zwar aus gutem Grund bei dieser Diskussion zurückgehalten, doch wurde mir gerade meine Zurückhaltung nun zum Verhängnis:

"Hey Freddy, Du stiller Denker!" ging die Reihe an mich, "Du hast doch sonst immer die tollen Ideen. Wer weiß, was hinter dem Bericht steckt. Deine Ideen kannst Du also auch jetzt wieder voll entfalten. Die Sensation wartet!" tönte Victor abschließend, wegen seiner fortwährenden Unruhe auch das perpetuum mobile unter uns, kurz, "pm", genannt. Er verteilte stets die Aufgaben, und er war der Stellvertreter, zwar ohne offizielle Bestätigung, doch wir akzeptierten seine Art, da es immer sachgerecht zuging, wenn er die Aufgaben verteilte. Ein Widerspruch von mir wäre daher ungewöhnlich gewesen und aktuell auch schlecht von mir zu begründen. Ich nickte deshalb etwas geistesabwesend, und Neumännchen traf mit seiner Antwort auf den Punkt genau, was mir derweil durch den Kopf gegangen war:

"Du brauchst keine Angst zu haben, weil Dein Name bei der nächsten Ausgabe fehlt", grinste er mich an. "Ich werde die Leser bitten, die nächsten zwei Seiten nicht aufzublättern, weil Freddy, unser Denker, an dieser Stelle noch arbeitet. Er möchte deshalb nicht gestört werden." Die anderen grölten vor Lachen. Mir jedoch war das Lachen vergangen. Mir schwante Furchtbares, und das aus gutem Grund, wie sich später herausstellte. Und, wie ich nunmehr zähneknirschend bekennen muss, bin ich wahrscheinlich direkt daran beteiligt. Doch dadurch wird die Angelegenheit absolut nicht spaßiger.

Ich stelle nun erst einmal den angeblichen Kongress-Bericht vor, den wir zwischen den Druckvorlagen in unserer Redaktion fanden, damit die Leser endlich Bescheid wissen, worum es sich handelt und was er Furchtbares enthält.

F.V.Schlicht

Der nachstehende Bericht des Erzengels Metatron für einen geplanten himmlischen Kongress wurde von uns ursprünglich als Scherz aufgefasst. Sinn und Aufgabe dieses Kongresses gehen aus dem Text-Zusammenhang und dem Absatz, "Fazit", hervor. Sein Auffinden erklärten wir ebenso scherzhaft damit, dass dieser brisante Bericht von den Agenten Satanaels für ihren Chef kopiert und übersetzt wurde. Anlässlich eines Besuches seiner Agenten bei dem hiesigen Druckfehler-Teufel war der Bericht jedoch versehentlich liegengeblieben. Wir überlegten deshalb, wie wir ihn der Öffentlichkeit vorstellen könnten. Mit der Suche nach einem Grund für die Wahl der deutschen Sprache wurde die Angelegenheit jedoch unerwartet ernst.

Zur Information: Metatron ist der vor Jahrtausenden zum Erzengel und Göttlichen Schreiber berufene Mensch Henoch, der von Gott wegen seines einwandfreien Lebenswandels seinerzeit in seinem 365. Lebensjahr von der Erde entrückt wurde.

Corinna Sommer für die Redaktion

Metatron
Persönlicher Schreiber des Höchsten
Amt für Irdische Religionen

Dritte Dekade im Zweiten Äon
3. Jtsd. AIR – Mai 08/10

Der Weg des Menschen Eine Kongress-Vorlage (Arbeitsgrundlage)

Kurze Situationsbeschreibung

Gott sieht einem jeden Menschen ins Herz, so ungefähr hatte vor über 3000 Jahren der Religionsstifter Mose das Volk Israel bei seinem Abschied beschworen. Denn er tat das in seiner vehementen Art, die zudem noch schwer von der ihm verkündeten Strafe Gottes geprägt war, das verheißene Land Kanaan nicht betreten zu dürfen. Wir erinnern uns noch daran, wie der Schwerzüngige seine Worte unbeholfen vor das Volk klotzte, und wir schauen nun zwar aus literarisch sicherer Ferne auf die buchstäblich verstockten Zuhörer des Volkes Israel, die an der Grenze zu Kanaan standen, das ihnen künftig von Korn und Most die Fülle geben sollte, jedoch achten wir dabei ebenfalls auf den Zugang zu den Herzen der heutigen Menschen. Sie sind nämlich gewohnt, den Weg zu ihren Herzen mit formalen Gesten und Worten zu verstellen; aber auch das wird von ihnen noch als menschliche Regung verspürt. Doch Unwohlsein wird deutlich bei den Menschen, und ihre Suche nach der Wahrheit beginnt. Sie verleiht den Legenden um die wenigen ethisch verklärten Namen eine neue Existenz-Kraft.

Auftrag und Ausführung

Und darum können wir endlich berichten vom Heiligen Spiel Gottes auf seiner Erde; "und fürwahr, es wurde sehr gut", wie ER von Anbeginn vorausgeplant hatte, und wie es geschrieben steht in der Bibel, die ich übrigens als halbwegs bekannt voraussetze, so dass ich mich hier für die nachfolgende Bewertung mit einer Zusammenfassung des Geschehens begnügen werde. Ich bitte, hierbei eines nicht zu vergessen: Die von mir erzählte Geschichte Israels soll als Beispiel dienen für die Entwicklung aller Völker, die in der jetzigen Zeit das politische Geschehen auf der Erde mitbestimmen.

Einen Anfang gab der Wert der Pflanzen für die ersten Menschen auf der vor Urzeiten noch neuen Erde. Ihm folgte ein von Gott verordneter Staffellauf zum Ackerbau, dessen berühmt gewordene Teilnehmer in den ersten fünf Büchern der Bibel namentlich überliefert sind. Doch in uferloses Unglück stürzte letztlich der Anfang, wenn wir an die Ernährungssünden der Ersten denken, an Adam und Eva, sowie an den Mörder Kain und an den Überlebenden der Sintflut, den Trinker Noah.

Sehr zögerlich erfolgte daher die Hinwendung zum Acker. Gott gehorchen und Herden hüten – seinerzeit fügsam und gerne geschehen durch Stammvater Abraham vor rund Viertausend Jahren. Das vom Höchsten herausgefluchte Urgebot zum Ackerbau aber war vergessen für ihn: "Im Schweiße deines Angesichts sollst du dein Brot essen, bis du wieder zu Erde werdest, davon du genommen bist." Abraham also war unwissend. So wurde es damals dem Mose vom Höchsten offenbart.

Unverständlich bitter wirkte deshalb auf den Herdenfürsten Abraham die Verkündung des Höchsten, später einmal Knechtschaft in der Fremde zu erwarten für das dereinst aus ihm entstehende Volk. Geackert wurde folglich erst nach deutlichem Hinweis des Höchsten an dessen Sohn Isaak, während längerer Trockenheit in Städtenähe zu ziehen. Isaak ackerte schließlich auf seinen Feldern neben neidvoll starrend anderen, weil er prompt den Segen erhielt von Gott für seine Ackermühen. Zufrieden also war Isaak, dessen Zwillingssöhne, Jakob und Esau, sich auf beides verstanden, auf Ackerbau und Viehzucht.

Sohn Jakob allerdings, der Liebling seiner Mutter, er wurde zum Gauner und Händler vor dem Höchsten. Er erschlich sich die Erstgeburt von seinem ahnungslosen Bruder mit einer Hülsenfrucht, wandte sich dann aber dem Handel zu mit Vieh und wurde reich, denn die Viehzucht brachte ihm viel Gewinn, dem neuen Herdenfürsten, Sippenoberhaupt und mittlerweile stolzen Vater von elf Söhnen.

Doch gerade recht war er für Gott zu zeigen, anders zu laufen. ER zerschlug ihm die Hüfte und ließ zerreißen das Becken der Liebsten, als sie in Todesqualen ihren zweiten Sohn, Benjamin, gebar. Eine grausam aufschreckende Erinnerung an die Verfluchung der ersten Menschen zur Mühsal nicht allein nur auf dem Acker und an die Verkündung der Sterblichkeit für Mann und Frau.

Von Trauer und kranker Hüfte gelähmt, erzwang das Leiden von Jakob, stellvertretend den vertraut geliebten Joseph, den erstgebornen Sohn der Liebsten, zu schicken, um die anderen Brüder zu prüfen, denen Jakob die Aufsicht über seine fernab weidenden Herden übertragen hatte. Wusste Jakob doch noch aus eigener Erfahrung, wie man aus einer fremden Herde für sich selbst viel Besitz an Vieh schaffen und mehren kann. All dies geschah jedoch nach der Idee des Höchsten, seinem Vater den Joseph als Köder zu entreißen durch den blinden Hass der hintangesehenen Söhne; denn von seinem Ort hinweglocken sollte den Jakob die lebende Erinnerung an die ihm so früh genommene Liebste, an Rahel, an die Mutter seines unmäßig verwöhnten Lieblingssohnes Joseph.

Verschickt als Sklave nach Ägypten sah sich deshalb der zur Prüfung gesandte Joseph; denn hinlocken zum trächtigen Acker Ägyptens sollte er den sehnsuchtsvollen Vater, um nach der Absicht des Höchsten die nur Viehzucht treibende Sippe endlich lehren zu können, das Gebot der Mühsal zu befolgen für den Anbau von Getreide und für das Errichten fester Bauten als Speicher für die Ernte.

Es sollte alles so geschehen, wie es Joseph still gehorchend in Ägypten zunächst allein dem Pharao nach dessen Traum-Gesicht empfohlen hatte für das Wohl Ägyptens. Denn in seinem Traum sah Pharao den sengend heißen Ostwind bis zum Nil hin alles trocken legen. Joseph gab die Deutung, dass nur das Ackern und das Vorrat Sammeln helfen würde. Denn Viehzucht gilt rein gar nichts für das Überleben in der Zeit der Dürre, so hatte ihn der Traum vom hässlich magren Vieh gelehrt, das auch hässlich mager blieb nach dem Verzehr der fetten Kühe. Und ebenso wie das Volk Ägyptens sich beim Ackern mühte und letztlich doch den eignen Leib für Saatkorn an den Pharao verkaufen musste, sollte nun auch Israel sich quälen. Generationenlange Knechtschaft in dieser Fremde war dann nötig für die Erben Jakob´s zur dauerhaft bekehrenden Lehre, dass nur ein Beackern des Bodens genug an Nahrung erbringt für das sorglose Wachsen zu einem großen Volke. Nach Erfüllung dieser Ackerpflicht darum erst hieß es für´s Volk, die Rettung erwarten von Ägyptischer Knechtung.

Mose – Ein Priester Levi´s lehrt den Glauben für die Neuzeit

Eingefädelt mit der Adoption eines Levitischen Knaben durch Pharaos Tochter, so sollte die Befreiung von der Knechtschaft gelingen. Doch Entsetzen, weil das Mose genannte Kind missraten heranwuchs, aufbrausend war und stotterte. Flüchten musste Mose sogar aus Pharaos Amte wegen Totschlags, weil er bremsen wollte einen Peiniger zur Ackerfron. Dennoch nutzte gerade dies dem Trachten des Höchsten nach Auszug des Volkes aus Ägypten; denn nicht bleiben sollte Israel in Ägypten, sondern nur gute Weisung erhalten in uralt erprobtem Herrscherwissen bei besonderer Beachtung allein SEINER Gebote im längst verheißenen Lande Kanaan.

In die Hoffnung auf Rettung des Volkes von der Bedrückung sah sich deshalb urplötzlich Levit Mose gestellt nach Göttlicher Berufung. Sie fasste sinnvoll zusammen sein Durchleben drängend gewaltiger Vergangenheit: Gelehrt in Herrscher-Kenntnis im Hause Pharaos und Herrscher-Gelüste in sich bergend des wartenden Nachfolgers; und grenzenlos in ihm war das Wissen um Priestertum und dauerhafte Königsmacht. Allerdings verspürte er Unmut, sich zu äußern wegen seiner "schweren Zunge", und war deswegen allzu leicht entflammbar zum Zorn. Folglich ließ er sich verleiten zu hitzigem Totschlag an einem Ägypter, der einen Hebräer ungerecht quälte. Hinter all dem aber wuchsen trotzdem die Wurzeln levitisch-nomadischer Abkunft an ihn heran, die letztendlich seinen Wesensstamm wieder geraderückten und ihn hielten.

Nur aus diesem Grund gab es Jahre davor Mose´s Flucht aus diesem Ägypten wegen unbedachten Tötens. Es war eine Flucht durch die Wüste in das Nichts midianitischen

Bodens, aber aufgefangen wurde er dort von einem Hirten-Priester, der den ernsten Gottesglauben seiner nomadisch lebenden Väter in Reinheit noch vorlebte und deshalb Weisung bereit hielt für den kraftvoll durcheinander Geflüchteten. Welch zu ersinnendem Lebensziel aber sollte dieser verloren-verworrene Herrscher nachgehen; denn der neu gewordene Hirt Mose wusste es damals noch nicht? Die Erleuchtung kam ihm daher während des Hütens seiner Herde auf dem Gottes-Berg: All das Gelernte im Zusammenhang, es war genau das Richtige für das künftige Gottesvolk Israel, dessen Stammväter schon heilig waren, da sie den Namen des HERRN noch als viehhirten mit sich trugen, wovon die Leviten schon damals erzählten.

Mose kehrte also zurück nach Ägypten und stellte sich quer. Er agitierte im Volk und schwärmte von Kanaan. Mose sprach auch vor Pharao von Gottes-Macht und zeigte sie; denn der Gott der Väter war mit Mose, der für sich selbst jedoch nicht ahnte, dass auch er noch zu reifen hatte in seiner Person, um das werden zu können, was die Israelische Geschichte für ihren Gottesweg brauchte als Beispiel für alle Menschen:

Läuterung, Friedfertigkeit und Ergebenheit gegenüber dem Höchsten, ohne Zuversicht und Festigkeit vermissen zu lassen.

Auf diese Weise dämpfte der Höchste den leicht Aufbrausenden beim Zug nach Kanaan: Greifbar nahe stets war der Hirtenstab für Mose. Fast schon automatisch stieß und schlug er damit zu, sodass der Höchste mit nur einem kleinen Hinweis auf den Hirtenstab die Versuchung auf die Höhe trieb. Und richtig: Wieder schlug dann Mose mit dem Hirtenstabe zu, obwohl er in Heiligung des Höchsten doch nur hätte zu dem Felsen hätte sprechen sollen, um ihm Wasser zu entlocken für das dürstende Volk. Mose´s Strafe war, das ersehnte Kanaan zu sehen nur und sofort danach den Tod erwartend abzutreten. Vorher aber lernte Mose, Demut zu üben vor dem Höchsten, auch wenn das Volk sich seinen Worten widersetzte.

Als Mose dieses Ziel der Läuterung nach 40-jähriger Wanderschaft in der Wüste zusammen mit dem Volk endlich für sich selbst erreicht hatte, konnte er gehen. Sein Lebensweg hatte Station für Station das Bild seines Charakters geformt und erfüllt. Das heiß ersehnte Kanaan betreten, das blieb Mose jedoch weiterhin versagt.

Mose nahm dennoch Abschied von seinem Volk ebenso groß, wie er mit Gottes Hilfe vor ihm angetreten war, denn er sprach wiederum von SEINER Größe, Macht und auch Güte, damit es IHN nicht verließ, sondern wandelte auf SEINEN Pfaden in Kanaan, dem Land, in dem Milch und Honig fließen sollten und das schon Abraham von Gott für das aus ihm kommende Volk verheißen war.

Das Gesellenstück nach der Lehrzeit

Und schließlich wandte dieses Volk unter König Salomo´s Herrschaft in Kanaan an, was es erlitten hatte unter Mühsal in Ägypten: Ackerfron leisteten die von Israel beherrschten Völker, doch Israel selbst stellte das schützend beherrschende Kriegsvolk im kurzlebigen Großreich des als weise geltenden Königs. Aber die Mühsal schmecken beim Ackern, das sollten allein die besiegten Völker.

Zu einem Staat aber war Israel in Kanaan herangereift, nachdem es durch Ägyptens Ackerfrüchte groß und stark geworden war. Nicht möglich war dies zuvor gewesen als kleiner Hirtenstamm, der seinen Nachbarn ständig Angst einjagte wegen seiner militärisch gut geschulten Hirten. Viel zu unterschiedlich waren ihre Lebensweisen außerdem. Für Abraham hatte es deshalb Vision nur bleiben müssen, das Ackervolk in Kanaan als Viehhirt zu beherrschen. Und vieles hatte Gott danach mit Israel geschehen lassen, um ihr Hirtentum mit Ackersitten an ein eignes Land zu kitten. Vorgeschaltet ward von IHM zuletzt Ägypten, das seinem Volk als Vorbild eines dauerhaft regierten Staates diente. Denn militärisch stark war es ebenfalls gewesen und konnte Großmut lange Zeit bewahren, bis dann Israel auch ihm gefährlich zu erstarken drohte, womit die Zeit für einen Auszug zum Land Kanaan für Israel gekommen war. Schade nur, dass der sodann von Israel erbaute Staat in Kanaan nicht lange währte; denn sündhaft waren Volk und König.

Fehlverhalten doch nutzte nach wie vor der Höchste, um ans Ziel zu kommen: Nach verlornem Krieg war zwar vom Volk dem Sieger Babylon in dessen Land zu dienen, aber sehr von Nutzen war die Zeit, um Israel dort Handel und Gewerbe nun zu lehren, mit dem es sich das Überleben für die Zukunft sichern sollte. Dies gab allerdings den forschenden Menschen erst die Neuzeit zu erkennen, in der sich auch das Christentum im Worte des Gesetzes voll entfaltete; erfüllend damit das Prophetenwort vom Großen König aus dem Stamme David.

Die Arena für den Neustart
Bersten aber mussten erst die Balken über uralt behauenen Götzen-Schreinen, um Platz zu schaffen für das Suchen der Seelen nach Dauer im Taumel der Vergänglichkeit. Im Handel berannten sich deshalb die Welten voller Götzendienste, die doch nichts mehr taugten, wie die Weisen unter den Menschen vor rund 2.500 Jahren selbst erkannten.

Neue Gebäude des Denkens und des Glaubens daraufhin erstanden, doch allein die Lehre Christi stillte vor etwa 2.000 Jahren das Sehnen der Menschen nach Dauer im Leben; und Christi Lehre nutzte sinnvoll die Kraft der Barbaren im Norden der seinerzeit bekannten Welt, um alle Menschen zu lehren - trotz der hierbei tobenden Gewalt - dass nur die Liebe und Gott in eins gepaart erlösen können vom Leben mit Gier und Bedrückung. Und dies versucht die Menschheit zu lernen bis heute. Ein Wandel Ihrer Haltung indes ist vielfach missraten, sodass die Lehre Christi - darin gleich der Religion des Alten Bibel-Gottes - vielfach Konkurrenz erhält. Denn die Menschen üben sich vor allem stark im Reden und Bekämpfen; doch sie treten dabei fast die Liebe tot, sodass Gott und Christus seither warten, welche Seele sich trotzdem noch rein erhält.

Fazit

Der oben dargestellte Weg der Menschheit führt meines Erachtens nur zu einer Schlussfolgerung: Die Entwicklung der Menschheit weist seit mehreren Tausend Jahren einen eklatanten Stillstand auf. Einzig mit der globalen Ausbreitung des Christentums erfüllt sie ein Kriterium der Vervollkommnung. Ich bin deshalb der Ansicht, dieses Gottes-Spiel auf der Erde sollte nunmehr so beendet werden, wie es vom Höchsten von Anbeginn für diesen Fall vorgesehen worden ist. Die Aufgabe dieses Kongresses sollte es daher lediglich sein, ein passendes Datum für die Beendigung des irdischen Theaters zu finden.

Ich bitte um Wortmeldungen.

Das Geheimnis um die Auffindung einer angeblichen Kongress-Vorlage von Erzengel Metatron in deutscher Sprache   *Verfasserin: C.Sommer*

Vor uns lag die deutsche Fassung eines angeblichen Kongress-Berichtes über den Weg des Menschen. Seine Übersetzung in die deutsche Sprache musste einen Sinn haben, der mit dem Inhalt des Berichtes selbst zusammenhing, so überlegten wir. Er war insgesamt viel zu intelligent abgefasst, als dass dieser selbst sowie dessen Deutschsprachigkeit eine Nachlässigkeit hätten sein können. Lange haben wir darüber in der Redaktion gegrübelt, bis einer von uns auf die Idee kam, die deutsche Sprache direkt mit der Bibel in Verbindung zu bringen, da sie ja eine der Grundlagen des Kongress-Berichtes war. Aus diesem Grund bliebe nur die Person Martin Luther als Bezugspunkt übrig, so gab uns Dietbert zu verstehen, eigentlich nur unser Pflanzen- und Garten-Fachmann. Freddy nickte sofort zustimmend, sodass wir diesem Redaktionsmitglied bis zur nächsten Teamsitzung, also eine volle Woche, Zeit gaben für weitere Überlegungen. Er sollte uns dann eine Information zukommen lassen über den Stand seiner Überlegungen.

Zu unserer Überraschung konnte uns dieses Redaktionsmitglied, dessen Nachname der Unterzeichnung zu entnehmen ist, nach Verlauf dieser Woche einen vollständigen Weg zur Lösung des Problems anbieten. Grundlage dafür hatte die Überlegung von ihm gebildet, dass es am besten sein würde, das Leben Martin Luthers mit allen offiziell bekannten Zahlen, das heißt Lebensdaten, nachzuzeichnen. Die Zahlen standen deshalb bei ihm im Vordergrund, weil ihm die im Kongress-Bericht genannten Zahlen willkürlich eingestreut erschienen waren, und sie ihn deshalb zum Zusammenzählen verleitet hätten. Zwar habe sich hierfür der Wert von 8.500 ergeben, der lediglich dem außerbiblisch überlieferten Alter des Erzengels Metatron entspreche (8.500 Jahre), doch nicht der Jüdischen Zeitrechnung. Allerdings erschien ihm die Differenz zu diesem Kalender von rund 3.000 Jahren unerheblich [Anmkg. d. Red: Diese von ihm wahrscheinlich übersehene Zahl steht im Prolog des Kongressberichtes. Sie müsste daher eigentlich zu den 8.500 Jahren hinzugezählt werden]. Seiner Kenntnis nach sei unter den Rabbinern zum Beispiel bis heute nicht eindeutig geklärt, ob die 6 Tage der Schöpfung Gottes jeweils wie 1.000 irdische Jahre zu zählen seien oder wie tatsächliche Tage irdischer Zeitrechnung. Bei seinen weiteren Berechnungen und Nachforschungen habe er deshalb insbesondere auf Zahlenzusammenhänge geachtet. Trotzdem sei er, so gut er es vermocht habe, dem Leben Martin Luthers bis in Einzelheiten hinein gefolgt, soweit es dessen kirchliche Arbeit und dessen Werdegang betroffen habe.

Kurioserweise ließ er die Eheschließung Martin Luthers (eine indirekte Folge von Kloster-Auflösungen) unerwähnt. Daraus könnte man gewiss psychologische Schlüsse ziehen, doch würde dies nichts an der Bedeutung des bei uns aufgefundenen Berichtes ändern. Das Resultat seiner Berechnungen gibt unserem Redaktionsmitglied überdies Recht: Zahlen haben darin sehr wohl eine Bedeutung; sie weisen bis in die Gegenwart; auch wenn sie nur indirekt mit dem Leben Martin Luthers zu tun haben. Aus diesem Grund ist unserer Ansicht nach der mysteriöse Bericht wahrscheinlich doch als eine Übersetzung des Kongress-Berichtes von Metatron anzusehen. Er wurde sicherlich von einem Medium angefertigt, so unglaublich dies auf den ersten Blick auch erscheinen mag. Der Inhalt des Berichtes ist aus diesem Grund sehr ernst zu nehmen, wie auch immer sein Auftauchen bei uns zu erklären ist.

Welche Folgen sich aus dem Bericht des Erzengels Metatron für die Menschen ergeben, ist nicht abzusehen, doch erscheint allein schon die zeitliche Nähe des von Metatron empfohlenen Endes unserer Welt mit der Ankündigung des nach Maya-Berechnungen erfolgenden Weltunterganges im Jahre 2012 erschreckend. Andererseits erlaubt eine andere von F.V.Schlicht in der Redaktion durchgeführte Zahlenspielerei ebenso, hierfür erst das Jahr 3.780 anzunehmen; allerdings widerspricht diesem späteren Jahr eine weitere von ihm durchgeführte Berechnung. Wie dem auch sei, wir überlassen es selbstverständlich jedem Leser selbst, aus dem vorliegenden Bericht und dem nachfolgenden Daten-Material die eigenen Schlüsse zu ziehen.

Es folgt nun eine Nachzeichnung des Lebens von Martin Luther aus der Sicht unseres Redaktionsmitgliedes F.V.Schlicht. An einer humorvollen Anmerkung zum Leben Martin Luthers ist noch zu erkennen, wie unbeschwert unser Kollege zunächst die Sache anpackte. Dann aber wurde es für ihn bitter ernst, wie sein quasi unvollendeter Kommentar als letztes Kapitel dieses Büchleins erkennen lässt.

Das Leben Martin Luthers in Zahlen *von F.V.Schlicht*

Die Amerikaner haben einen Sinn für Zahlen, also nicht nur für Zahlungsmittel, sondern einfach so für Zahlen, egal, ob sie das Gewicht des Pferdemists zählen, der früher in New York anfiel, als es noch keine Autos gab, oder ob sie berechnen, wie viel Kalorien eine Sekretärin einspart, wenn sie statt auf einer mechanisch gesteuerten Tastatur nunmehr auf einer elektronisch gesteuerten Tastatur schreibt. Beachtet sie dies nicht bei ihrer Nahrungsaufnahme, wird sie nämlich am Ende des Jahres kräftig zugenommen haben, schließt diese Untersuchung. Zahlen können also recht lebendig eingesetzt werden, so ist daran zu erkennen. Stellen wir uns aus diesem Grund nun einmal vor, Dr. Martin Luther wäre Amerikaner gewesen, und er hätte angefangen, ebenfalls mit Zahlen zu jonglieren. Was hätte er am Abend jenes Tages im Jahre 1521 entdeckt, nachdem Kaiser Karl V. in Worms über ihn die Reichsacht verhängt hatte? Jeder konnte nun ohne Angst vor Strafe den vogelfreien Menschen >Martin Luther< umbringen. Kein Wunder, dass er auf dem Rückweg von Worms nach Wittenberg tatsächlich überfallen worden war - zu seinem Glück, wie sich später herausstellte; denn im Auftrag seines Kurfürsten, Friedrichs des Weisen, war er, der Geächtete, überfallen worden, damit er fortan ungefährdet auf der Wartburg in Schutzhaft leben konnte.

Keine Sympathiebekundungen der Freunde Martin Luthers hatten nämlich den Kaiser umstimmen können. Sogar die silberne Kanne mit Eimbecker Bier, die ihm Erich von Braunschweig während der Sitzung hatte offiziell zukommen lassen, die war umsonst gewesen. Der Kaiser war bei seiner ablehnenden Haltung geblieben. Die Reichsacht war nun über Martin Luther verhängt und galt.

Die Ereignisse boten daher wahrlich Grund genug für Martin Luther, über sein bisheriges Leben nachzudenken...

An die Folgen seines Tuns hatte Martin Luther überhaupt nicht gedacht, als er 4 Jahre zuvor mit dem Mut eines überzeugten Christenmenschen losmarschiert war: Noch am Vorabend zum Fest der Kirchweihe der Schlosskirche in Wittenberg hatte er seine Thesen gegen den Ablasshandel am Portal der Kirche veröffentlicht. Sonst hatten andere das Fest genutzt, um ihre Arbeiten oder Ansichten dort zu veröffentlichen. Nun hatte er es eben getan. Anlass dafür war dieser Dominikaner-Mönch Tetzel gewesen. Martin Luther ballte die Fäuste vor Wut: Dieser Tetzel hatte Ablassbriefe verkauft, die jeden vor dem Fegefeuer retten würden, so garantierte der Papst den zahlenden Kunden. Das war die Höhe... Die Vergebung der Sünden war abzahlbar geworden. Reue war gar nicht mehr nötig. Das hatte den Fachmann für die Auslegung des Bibel-Textes, der er ja gemäß offizieller Berufung als Professor in Wittenberg war, maßlos aufgeregt. Martin Luther wurde sarkastisch: Die Ärmsten der Armen, die ohnedies ein schweres Leben hatten, die waren das Abbüßen ja schon auf Erden gewohnt; deshalb war es gut, wenn sich nun wenigstens die sündigen Reichen von ihrer Sündenlast freikaufen konnten, da sie ja wegen ihres Wohlstandes im Abbüßen gar nicht geübt waren...

Im Geiste hatte er den Dominikaner-Mönch Tetzel direkt vor sich gesehen... Am liebsten hätte er ihn... Da stutzte Luther: Welch gewaltiger Wandel im Wesen der Dominikaner war da geschehen: Jetzt verkaufte ein Dominikaner im Namen des Papstes paradiesische Schuldenfreiheit, und 19 Jahre zuvor, da war auch ein Dominikaner aus der Reihe getanzt: Der mutige Dominikaner-Mönch Girolamo Savonarola war 1498 in Florenz als Häretiker hingerichtet worden, weil er öffentlich gegen den Verfall der Sitten in seiner Heimatstadt und am Hofe des Papstes gepredigt hatte. Insbesondere die Florentiner hatte er aber verärgert, weil er zur Rettung der Sitten in seiner Heimatstadt eine Art theokratische Demokratie als notwendig erachtet hatte. Doch das Imperium der Mächtigen hatte rechtzeitig zurückgeschlagen, aus unterschiedlichen Gründen zwar, doch es hatte Savonarola die Grenzen gezeigt und ihn danach in den Abgrund gestoßen: Zunächst war Savonarola aus der Kirche ausgeschlossen worden; und ein Jahr später hatte Ende Mai seine Hinrichtung stattgefunden.

Martin Luther lachte nochmals bitter auf. Im Mai, im Frühling hatten sie ihn hingerichtet... Jetzt war wieder Mai, Ende Mai... Martin Luther verging das Lachen. Er erschauderte. Würde er selbst denn den nächsten Frühling noch erleben? Oder würde er dasselbe Schicksal wie Savonarola erleiden?

Sein Kurfürst, Friedrich der Weise, hatte ihn seinerzeit davor gewarnt. Die Macht des Papstes war ungebrochen...Und Leo X. übte sie aus. Und er, Dr. Martin Luther, geweihter Priester und vor kurzem noch Professor an der Wittenberger Universität, er würde jetzt mindestens so viel Mut brauchen wie Savonarola...

14 Tage nach Veröffentlichung seiner Thesen am Portal der Schlosskirche waren sie in ganz Deutschland bekannt gewesen. Mit diesem Erfolg hatte er nicht gerechnet. Doch dann war es ganz dick gekommen: Der päpstliche Bann wurde ihm angedroht. Aber er war eisern geblieben: Was falsch war, machte eine Drohung nicht richtig.

Auch vor dem Kaiser in Worms war er nach reiflicher Überlegung hartnäckig geblieben. Er hatte nicht widerrufen, "weil wider das Gewissen zu handeln beschwerlich, unheilsam und gefährlich ist. Gott helfe mir! Amen." Das Letzte hatte er in seiner Kammer Wort für Wort laut wiederholt. Die Konfrontation mit dem Kaiser vor all den kirchlichen und weltlichen Würdenträgern ging ihm nicht so schnell aus dem Kopf. Wie würde es weitergehen?

Martin Luther's Gedanken zogen weitere Kreise: Nur 31 Jahre vor ihm war dieser Girolamo Savonarola geboren worden. 1497, als Savonarola exkommuniziert wurde, war er als 14-Jähriger von seinem Vater nach Magdeburg zur Schule geschickt worden. 1498, das Jahr der Hinrichtung von Savonarola, das war sein letztes Schuljahr in Magdeburg gewesen. Danach hatte er die Schule in Eisenach besucht, wo er schließlich bei der Frau Cotta untergekommen war und nicht mehr die Kurrende singen gehen musste, um davon zu leben.

Die Verleihung seiner Doktorwürde im Jahr 1512 hatte sie leider nicht mehr miterleben dürfen, doch von der Verleihung des Grades eines Biblischen Bakkalaureus[a] hatte er ihr noch erzählen können.

Martin Luther wanderte in den aufscheinenden Bildern zurück: Die prügelnden Lehrer hätten aus ihm beinahe einen Duckmäuser gemacht. Vielleicht hatte ihm ja die fürsorgliche Haltung der Frau Cotta mehr darüber hinweggeholfen als es zunächst den Anschein gehabt hatte; denn später, als er 1501 das Studium auf der Erfurter Universität begonnen hatte, da war er entschieden freier und auch mutiger aufgetreten als vorher - Savonarola schoss ihm wieder durch den Kopf:

Dieser Dominikaner-Mönch hatte damals noch viel mehr Mut bewiesen als er - Sein eigener Mut hatte ihm aber immerhin genug Luft verschafft für eigene Gedanken während seines 4-jährigen Grundstudiums; und irgendwie hatte er gehofft, dabei einen Weg zu Gott zu finden. Doch vergebens. Das exakte Regelwerk der Philosophie hatte ihm dafür keinen Platz gelassen; zwar hatte er weitersuchen wollen, doch war er, dem Willen seines Vaters zunächst gehorchend, brav auf der Uni geblieben und hatte das vom Vater gewünschte Jura-Studium begonnen.

Erst eine Gewitternacht im Freien, in der er beinahe vom Blitz erschlagen worden wäre, hatte ihn endgültig veranlasst, Mönch zu werden. Und dann war er Augustiner-Mönch geworden, und jetzt trennten ihn nicht mehr 31, sondern nur noch 23 Jahre vom Schicksalsweg des mutigen Dominikaner-Mönches Savonarola - oder waren es gar nur noch drei Mai-Tage? Martin Luther schrak erneut zusammen: Der Dominikaner-Mönch, Bruder Girolamo, war am 23. Mai hingerichtet worden; und er, der Augustiner-Bruder Martin, hätte am 26. Mai beinahe das gleiche Schicksal erleiden können, wenn ihn andere weggefangen hätten. Und die Macht des Papsttums war immer noch ungebrochen.

==

a) Kleiner Scherz aus der Zukunft nebenbei: Der Titel, "Bakkalaureus", war seinerzeit der niedrigste akademische Grad in Deutschland gewesen. In der Zeit der Retro-Moderne war diese Graduierung mit dem englischen Namen "Bachelor" wieder eingeführt worden in Deutschland; wahrscheinlich, weil zu dieser Zeit kaum noch jemand lateinisch verstand. Das Englische dagegen vermochte in Deutschland über den Wurm der Werbung die deutsche Software in den Gehirnen weitgehend zu verdrängen, wozu es allerdings keines großen Aufwandes mehr bedurfte, da über die vorhergehende Verminung der deutschen Sprache mit Comic-Kurzaussagen und noch knapperen SMS-Kürzeln der während des Faschismus Hitlers begonnene AküFi (Abkürzungs-Fimmel) auf unverständliche Höhen getrieben worden war, sodass die stets ausführlichen englischen Werbesätze wie z.B. Vacu-Cleaner, wie erlösende Erleuchtungen wirkten. Zwar wurden sie noch weniger verstanden als die deutschen Kürzel, doch vergönnten sie meistbietend das Gefühl des wortlosen Dabei- und Miteinander-Seins beim Anlegen oder benutzen der Werbeträger; denn richtige Verständigung war schon längst nur noch über das Internet möglich. Das platte Plasma der Screener schützte nämlich viel wirksamer vor den immer heftiger werdenden Aggressionen der Shorties, der Knappsprachler, als die methyl-haltigen Sprachlöser (Alkoholica) - denn es gab ja nichts mehr, was zu lösen war; ganz abgesehen von den allmählich als unbrauchbar erkannten Barbit-Dimmern, deshalb verkürzt zuweilen auch Baddies genannt. Halt! Halt! Aufwachen: Martin Luther wurde über die von ihm geschaffenen und in ganz Deutschland verkauften Deutschen Bibel-Übersetzungen seinerzeit der Begründer einer einheitlichen Deutschen Sprache. Und die haben wir schließlich immer noch - zumindest in den Retties, den Retro-Büchern.

Bruder Martin schüttelte die hässlichen Gedanken endgültig ab. Was Savonarola vermochte, das konnte er, Martin Luther, der abgesetzte Professor für Bibeltext-Erklärung und doch immer noch geweihter Priester, auch: Den begonnenen Weg zu Ende gehen: "Gott helfe mir! Amen", wiederholte er halblaut. Der Schutz der Wartburg tat ihm gut. Als Junker Jörg würde er sich in ihr frei bewegen können. Und er beschloss, aus Dankbarkeit für seinen Beschützer, Kurfürst Friedrich den Weisen, das Neue Testament in die Landessprache zu übersetzen. Ihn fröstelte. Er sollte sich vielleicht doch lieber beeilen damit... Wer weiß, was noch passieren würde.

Die Zeit verging, und das Jahr 1529 nahm seinen Weg - Martin Luther war nunmehr 46 Jahre alt - da hatte er endlich seine Angst vor dem Scheitern überwunden: Den Mönch Savonarola hatte man aber in diesem Alter zerbrochen. Er war gehenkt oder verbrannt worden - oder gehenkt und danach verbrannt. Die Nachrichten über seinen Tod widersprachen sich. Doch er, der ehemalige Junker Jörg von der Wartburg, er war nun seit einem Jahr als Kirchenvisitor in Sachsens neuer, reformierter Kirche tätig geworden und hatte einen "Großen Katechismus" geschaffen, der dieser reformierten Kirche eine einheitliche, feste Gestalt geben würde.

Es schien wie ein Wunder zu sein: Nichts war ihm passiert. Auf dem 2. Reichstag zu Speyer im Jahr 1529 wurde sogar öffentlich die Durchsetzung des Wormser Ediktes verhindert, mit dem endlich seine Ächtung, die Ächtung des Priesters Doktor Martin Luther, vollzogen werden sollte. Der Protest seines Kurfürsten, nunmehr Johann von Sachsen, hatte jedoch in Zusammenwirken mit den Protesten der Landesherren von Hessen und Anhalt sowie von insgesamt 14 Reichsstädten Erfolg gehabt. Seither wurden sie, die Reformierten, auch "Protestanten" genannt.

Und dann geschah noch etwas anderes Erstaunliches: Im selben Jahr, als er die Übersetzung des Neuen Testaments seinem Kurfürsten vorgelegt hatte, war nach 465 Jahren wieder ein deutscher Papst gewählt worden. Für Martin Luther schien es zunächst so, als ob Gott gewollt hatte, dass seine Deutsche Bibel auf dem Papststuhl ohne Übersetzungsprobleme verstanden werden konnte. Aber weit gefehlt.

Hadrian VI, wie dieser deutsche Papst sich nannte, hatte seine kurze Amtszeit lediglich dazu benutzt, dem englischen König Heinrich VIII. aus Dankbarkeit für eine gegen Martin Luther gerichtete Schmähschrift den Titel, >Verteidiger des Glaubens< (Defensor fidei), zu verleihen... Hatte es also doch nichts zu bedeuten gehabt, dass ausgerechnet zum Zeitpunkt des Erscheinens einer deutschen Bibel-Übersetzung nach langer Zeit erneut ein Deutscher zum Papst gewählt worden war? Martin Luther schüttelte unbewusst seinen Kopf. Gott tat doch nie etwas ohne Absicht, schon gar nicht auf Petri Stuhl...

* * *   * * *   * * *

Wir schreiben das Jahr 2005. Die amerikanische Zahlenspielerei wird fortgesetzt. Oder sollten wir es lieber lassen? Hat sich doch bisher eigentlich nicht so gelohnt. Egal. Auch wir setzen ebenso wie Martin Luther den begonnenen Weg fort.

483 Jahre nach der Wahl eines 7. deutschen Papstes wird im Jahr 2005 erneut ein Deutscher zum Papst gewählt. Dieser verleiht sich den Namen Benedict XVI. Komisch: Eine >1< vor die 6 dieses Papstes, Hadrian VI, gesetzt, macht daraus eine 16. Es ist die Zahl von Benedict XVI. Doch 483 bleibt dennoch eine ungewöhnlich krumme Zahl. Sie bringt nichts. Wirklich nicht?

483

Was passiert, man setzt nun ebenfalls eine **1** davor? Klar, das ergibt dann logischerweise die Zahl 1483. Hei, nun wird´s aber doch bunt: Das ist das Geburtsjahr von Martin Luther! Komischer Zufall. Natürlich.

Alles nur Zufall? Die mir bekannten großen biblischen Rätsel[a] finden nach annähernd 2.500 Jahren Bibel-Abfassung im Kongress-Bericht des Erzengels Metatron endlich eine Lösung, und sollte dieser Kongress-Bericht tatsächlich den Stuhl des Papstes erreichen, dann müsste sich wiederum "rein zufällig" ein deutscher Papst mit einer ungewöhnlichen und wiederum in deutscher Sprache abgefassten Schrift auseinandersetzen, nämlich mit einer thematisch gut geführten Zusammenfassung von Bibel-Text und Weltgeschichte. Lediglich einen vernichtenden Unterschied gäbe es zu Martin Luther: Martin Luther wollte eine Reform, Metatron jedoch möchte den Untergang; d.h. eigentlich will auch er den Beginn einer neuen Weltordnung, so, wie ihn auch die Maya erwarten.

Aufgrund der Stimmigkeit des Berichtes und der begleitenden Zahlenmystik müsste dieser Bericht also echt sein! Und dies umso mehr, als das Jahr 1529, das den Sieg Martin Luthers bedeutete, ebenfalls in die Zahlenmystik einbezogen werden kann:

Addieren wir zur 1529, dem Jahr der Anerkennung Martin Luthers, nämlich ebenfalls die Zahl 483, so ergibt sich folgende Rechnung:

$$
\begin{array}{r}
1529 \\
+ 483 \\
\hline
2012
\end{array}
$$

Mir wird angesichts dieser unheilschwangeren Zahl richtig schlecht. Kündet der Kongressbericht wirklich den Weltuntergang? Das Jahr 2012 bietet sich hierfür doch förmlich an. Wären die "Druckfehlerteufel" nicht im Vorspann erwähnt worden, ich würde diesen Bericht für die von Gott inspirierte Aussage eines Mediums halten - ebenso wie der kath. Pfarrer gegenüber unserem Bibel-Fachmann.

===

a) Für Claus Westermann (Welt und Mensch im Urgeschehen, Deutsche Bibelgesellschaft, Stuttgart 1999, S.50) gehört z.B. das Urteil Gottes über seine gesamte Schöpfung, "und siehe es war sehr gut" (1. Buch Mose, Kap. 1, Vers 31), "zu dem, was zuzeiten unbegreiflich wird". Der Sinn der ägypt. Knechtschaft ist den Theologen ebenfalls unbekannt (D.Dieckmann, Segen für Isaak; Walter de Gruyter, Berlin 2003); und die Träume Pharaos zu deuten wird von den Fachleuten gleichfalls als unmöglich angesehen (z.B. Eugen Drewermann, Tiefenpsychologie und Exegese; Walter Verlag, Olten 1992, Bd. I, S. 103).

Problem ist nämlich meiner Ansicht nach, dass wir in unserem Verlag keinen Bibel-Kenner haben, der zu einer derartig kurz gefassten und dennoch präzisen Bibel-Auslegung fähig wäre. Neumännchen traue ich so etwas einfach nicht zu.

Es ist für mich erschreckend: Demnach müsste der Bericht also tatsächlich echt sein. Zufällig liegengelassen bei uns. Wirklich nur zufällig? Für die Gefolgsleute Satans ist das Weltende natürlich wichtig: Es geht ihnen um die Seelen-Fängerei. Oder soll das alles eine von Gott gewollte Warnung für uns sein? Woher kam die Idee, diesen Bericht zu schreiben? Hat sein Autor die Folgen bedacht?

Ich mag das alles nicht fassen: Sind die Reden der Weisen und der Priester von einer Existenz Gottes also doch alle wahr?! Haben denn die Atheisten Unrecht? Und eigentlich weiß ich es aufgrund meines eigenen Erlebens besser. Die Religion wird lediglich von den Mächtigen missbraucht, weil sie eben wie Opium wirken kann; aber das spricht gegen die Mächtigen, nicht unbedingt gegen die Religion als solche. Mir ist das dennoch irgendwie zu viel. Mögen die Leser eine richtige Entscheidung treffen.

Um den Lesern die Entscheidung zu erleichtern, werde ich deshalb in der nachfolgenden Erklärung alles das anführen, was wahrscheinlich dazu beigetragen hat, dass speziell ich mich mit diesem Kongress-Bericht auseinandersetzen musste. Bei der Abfassung des Lebensweges zu Martin Luther war mir das alles aber noch längst nicht klar gewesen.

Der esoterische Hintergrund -
Eine Erklärung; denn ich bin sie den Lesern schuldig   *F.V.Schlicht*

Jetzt erst, nachdem ich vor drei Wochen entschlüsselt habe, weshalb der in unserem Verlagshaus aufgefundene Bericht in die deutsche Sprache übersetzt worden ist, jetzt erfasse erst ich das gesamte Mysterium, und mir graut vor der Zukunft. Ich begreife nämlich nun erst, genau in diesem Augenblick des Niederschreibens dieser Zeilen, weshalb der Bericht ausgerechnet in der Druckerei unseres Verlagshauses liegenblieb und dass mir selbst eine noch unbekannte Rolle dabei zukam und sehr wahrscheinlich erneut zukommen wird. An einen harmlosen Zufall oder einen bloßen Jux mag ich deshalb absolut nicht mehr glauben. Man verzeihe mir bitte meine überhastet wirkenden Worte, aber ich kann nicht anders; ich muss jetzt erst recht niederschreiben, was ich erlebt habe; jede Faser meiner Seele schreit danach; und mir wird klar, welche Verantwortung auf mir lastet. Hätte ich mich bloß nie, niemals mit Esoterik beschäftigt. Und doch, es musste wohl so sein. Trotzdem fühle ich mich als Opfer. Und ich begreife, weshalb ausgerechnet ich von der Redaktion dafür bestimmt wurde, den Ursprung dieses Berichtes zu klären. Oder wollte ich das freiwillig tun? Ich weiß es nicht.

Verzeihung. Ich muss der Reihe nach Erzählen, damit jeder Leser die ganze Tragweite des aufgefundenen Kongressberichtes erfassen kann. Dennoch ist es für mich entsetzlich, das Einwirken göttlichen Handelns so unerwartet an mir selbst zu spüren. Der Glaube an Gott war eigentlich immer etwas völlig Abstraktes für mich gewesen, über das ich nie nachgedacht hatte. Hin und wieder zu den Festtagen ging ich in die Kirche wie viele andere auch. Das machte ich halt so, weil es Brauch war von Kindheit an, und weil unsere Kinder, das heißt ursprünglich nur die Kinder meiner Schwester, ruhig ebenfalls mal an etwas anderes denken sollten als bloß an ihre Wünsche und unseren Wohlstand. Dass es aber einmal derartig ernst werden könnte für mich mit der Existenz Gottes, das hätte ich mir nie träumen lassen. Habe ich mich damals zu weit vorgewagt? Aber das ist jetzt auch völlig egal; ich muss alles hinnehmen, wie es gekommen ist und noch kommen wird. Doch nicht nur ich allein werde es hinnehmen müssen, ich fürchte tatsächlich, alle anderen Menschen auch. Aber nun endlich zur Sache. Und selbst wenn Sie mich, verehrte Leserinnen und Leser, selbst wenn Sie mich für verrückt halten; die Tatsachen sprechen für sich. Hier sind sie:

Das ganze fing vor zig Jahren ganz harmlos an, und ich vergaß deshalb auch alles wieder; das heißt, ganz so harmlos war es wohl doch nicht, aber keinerlei negative Folgen machten sich damals bemerkbar oder deuteten sich an. Im Gegenteil, es lief anschließend alles prima in meinem Leben. Eines Tages hatte ich nämlich beschlossen, mich wegen meiner esoterischen Interessen einmal um die Möglichkeit eines vorangegangenen Lebens zu kümmern. Jahrelang zuvor hatte ich mich im Rahmen meiner Redaktionsarbeit mit dem Schamanentum der Naturvölker beschäftigt. Niemand in meinem Bekanntenkreis oder unter meinen Kollegen bemerkte deshalb mein eigenes persönliches Interesse daran: Hatte ich schon einmal gelebt? Das wollte ich hierbei in Erfahrung bringen. Doch erst ein paar Jahre nach Auftreten dieser Frage hatte ich mich bereit gefühlt, dieser Frage nun auch endlich konkret nachzugehen.

Folglich wandte ich mich wie viele andere auch an einen Fachmann für Reinkarnation wegen einer Überprüfung meines eventuellen >Vorlebens<. Hierzu wären hypnotische Vorübungen erforderlich, so war uns Kursteilnehmern erklärt worden, und dann eines Tages war es soweit gewesen: Der Meister, wie er sich nennen ließ, schickte mich als ersten unseres Kurses auf die

"Große Fahrt", wie sie von seinen schon länger anwesenden Schülern genannt wurde. Umschlungen von einer weißen Tunika, der unbedingten Voraussetzung für das Gelingen, so lautete es in der Anweisung, setzte ich mich in den Kreis der Beisitzer, wie die anderen Schüler zu diesen Anlässen genannt wurden. Es begann zunächst wie sonst auch: Begleitet von den Worten des Meisters versank ich in Hypnose, in einen tiefen somnambulen Zustand, wie man die letzte Stufe fachlich nennt. Alles um mich herum verschwand in einem nebligen Grau, ja ich selbst schien nur noch aus Nebel zu bestehen. Es gab keinerlei Durchsicht auf meine Umgebung. Nichts also nahm ich wahr, nicht einmal mich selbst. Allmählich färbte sich das Grau sogar zu einer schwarzen Finsternis - und doch auch wieder nicht; denn unerwartet schimmerte ein kleines schwaches Licht wie durch graue Wolken hindurch und hellte das Dunkel um mich herum wieder in durchscheinendes Grau auf. Auch wenn nichts Gegenständliches durchschimmerte, so war mir dennoch zumute, ich müsste jeden Augenblick etwas Konkretes wahrnehmen. Eine Fahrt im Nebel. Viele Autofahrer werden das kennen. Grau und Konturlos also blieb zunächst alles wie zuvor. Wie gebannt aber starrte ich auf dieses Licht, das von oben herab nur mich anleuchtete wie mir schien; aber nicht wie ein Scheinwerfer, nein; es war zunächst einfach nur da.

Das Licht sah wirklich harmlos aus wie eine kleine Sonne hinter halbdichten Wolken. Doch irgendwie war es dann doch keine Sonne, denn urplötzlich wurde die Decke meines Körpers von mir gerissen, und das Licht brannte auf meiner Brust und erfasste sofort alles, was ich je zuvor in meinem Leben getan oder erlebt hatte. Fein säuberlich in rechteckige Facetten eingefasst, lag jedes einzelne Erlebnis vor mir. Waren das die herausgezogenen Schubladen, die der Surrealist Dali in viele seiner Figuren gemalt hatte? Mir ist jedenfalls seitdem eines klar: Seine an den Psychiater Sigmund Freud gerichtete Aussage, sich doch einmal für sein Unbewusstes zu interessieren, musste genau eben diesen Erfahrungshintergrund gehabt haben, dem auch ich jetzt ausgeliefert war. Freud soll darauf lediglich geantwortet haben, dass ihn das Bewusstsein Dalis viel mehr interessieren würde. Ich aber vermute nunmehr, Freud hatte damals überhaupt keine Ahnung gehabt, was da bei Dali wirklich abgelaufen war; denn es heißt ja, Dali soll Drogen genommen haben. Sigmund Freud doch aber auch? Enthielt etwa der Tee des Meisters, den wir bei ihm vor der "Großen Fahrt" zeremoniell zu trinken bekamen, auch irgendwelche Drogen? Zumindest würde das meine damalige Irrfahrt erklären.

Das sind aber alles Gedanken, die mir jetzt erst, im Nachhinein, durch den Kopf jagen. Damals erlebte ich nur direkt: Gebannt von diesem drängenden Licht wie von den Augen einer Kobra, deren giftiger Biss zu wirken beginnt, lag ich wie gelähmt. Nur noch dieses Licht bestimmte mein Bewusstsein; es durchfloss mich in allen Fasern meines Körpers und löste langsam meine Seele auf. Wehrlos lag ich da. Dennoch konnte ich mir in Ruhe alles ansehen aus meinem Leben, restlos alles - und doch wurde diese Ruhe unaufhaltsam gestört.

Wie von einem riesigen Bagger aufgewälzt und vorangeschoben, bedrängte mich ein glasklares Gefühl mit der Aussage: "Hier gehörst Du nicht hin! - Hier gehörst Du nicht hin!" Meine formlos dahingegossene Seele wurde von diesem Gefühl überzogen wie die Wasserfläche eines stillen Sees von einem darauf nach Licht haschenden Wind. Er trieb kleine silberne Chips aus Licht in winzigen Wellen über die Wasserfläche, wobei jede kleine von ihm darauf zusammengewehte Welle zu einem unzählig oft kopierten Ich wurde, das meinen nutzlos daliegenden Körper unaufhörlich mit einer mir völlig neuen Eigenschaft überrollte: "Hier-gehörst-Du-nicht-Hin! Hier-gehörst-Du-nicht-Hin!" Alles von mir bestand daraus, restlos alles und fortwährend: "Hier-gehörst-Du-nicht-hin! Hier-gehörst-Du-nicht-hin!" Das darüber hinweg huschende Licht begehrte Klarheit.

Eine entsetzliche Gewalt ging von diesem Licht aus. Dennoch verstieß es mich nicht. Nein, es erwartete eine klare Aussage von mir. Wie konnte ich aber zu einer anderen Aussage gelangen, als zu der, aus der mein augenblickliches Bewusstsein und mein ganzes Sein bestand: "Hier gehörst Du nicht hin! Hier gehörst Du nicht hin!" Wie gebannt lag ich da.

Hatten die Griechen dieses Erleben der allgegenwärtigen Aussage, "Hier gehörst Du nicht hin!", etwa zum Wächterhund Zerberos erhoben, der all diejenigen Seelen fraß, die nicht in die Unterwelt gehörten?

Die Vision Daniels fiel mir ein: "Heilig! Heilig!" Fortwährend sangen es die Engel in der Nähe Gottes, "Heilig! Heilig!", unaufhörlich unentwegt. Halt! Jetzt wusste ich es besser: Ihr ganzes Engel-Sein bestand aus dieser einen einzigen Aussage: "Heilig! Heilig!" Ebenso wie ich nur noch aus einer einzigen Aussage bestand: "Hier gehörst Du nicht hin! Hier gehörst Du nicht hin!" Die auf mir lastende Verweigerung war sicherlich der Schwellenangst zuzuschreiben, von der die esoterischen Kreise immer gesprochen hatten, das war mir inzwischen klar geworden.

Aber das stille Licht hörte trotz allem nicht auf, mich zu bedrängen: "Hier gehörst Du nicht Hin! Hier gehörst Du nicht hin!" Jede einzelne Aussage umschwirrte mich wie ein Feuerrad, ohne ein Oben und ohne ein Unten erkennen zu lassen. Keine Pause, keine einzige kurze Pause vergönnte es mir: "Hier gehörst Du nicht hin! - Hier gehörst Du nicht hin!"

Aus nichts anderem bestand ich noch, wohin ich auch blickte. Mein eigenes Sein wurde dadurch unerträglich intensiv für mich: "Hier gehörst Du nicht hin!" Und ich wusste, ich musste mich endlich entscheiden, wollte ich nicht aufgeleckt und eingesogen werden von diesem Augen-Licht des Zerberos. Was würde er fressen? Mich oder nur die Aussage? Alles Quatsch: Es gab ja keinen Unterschied. Also würde ich vergehen, wenn ich nicht bald handelte. Und eiskalt spürte ich plötzlich, woraus das Grau bestand, das mich umnebelte. Es glich der Seelensuppe im Film "Hui Buh", in der die Seelen für ewig eingekocht wurden. Auf mich wirkte diese Vorstellung nun allerdings hautnah und beängstigend ernst. Nur noch ein klein wenig länger hier verweilen, und ich würde ebenfalls dazugemengt, darin aufgelöst und ausgelöscht.

Noch aber bestürmte es mich: Hier gehörst Du nicht Hin! - Hier gehörst Du nicht hin!

"Hier gehörst Du nicht hin! Hier gehörst Du nicht hin!" wiederholte ich mich. Aber nein, der gesprochene Satz war ich ja selbst. Ich begann mich bereits in das Nebelpulver hineinzulösen... Nein, das... Daraus bestand mein ganzes Sein... Wie konnte ich da lügen?! Wie ein Nadelkissen piekte plötzlich die Erinnerung: Gemäß indianischer Instruktion brauchte ich jetzt nur zu sagen: "Ich bin schon tot!" Dann würde ich passieren dürfen.

Den erlösenden Satz, "Ich bin schon tot!", brachte ich aber einfach nicht fertig. Nein!!! Wahrscheinlich hätte ich das gleich sagen müssen, bevor alles so durchdringend und zerfetzend für meine Seele geworden war: "Hier gehörst Du nicht Hin! Hier gehörst Du nicht hin!" zermahlte es mich.

Maßlose Angst drängte jetzt gegen die sich auflösende Masse meiner Seele an. Die Angst unter mir schwoll an wie heiße Magma in einem Vulkan vor dem Ausbruch. Unaufhaltsam drängte sie nach oben. Wie ein Gebirge, schwer wie der Himalaja, lastete aber mein Wissen auf mir: Die indianischen Medizinmänner haben einen schrecklichen Tod. Sie brauchen die Hilfe der anderen Schamanen, um ruhig sterben zu können. Jetzt dämmerte mir auch, warum: Sie hatten vor diesem Wahrheitslicht gelogen... Ich drohte zu ersticken... Doch Atem brauchte ich eigentlich schon längst nicht mehr...

Neiiin!!! Der Vulkan meiner Angst brach endlich auf, er schleuderte die auf mir lastenden Berge meines Denkens beiseite. Das formlose Wasser meiner Seele floss wieder ungehindert in meine Lungen und wandelte sich in der vulkanischen Hitze sofort in berstende Luft, und ich schrie, ich schrie, ich bebte vor Schreien: "Neiiin!! Zurück!! Zurück! - Zurück! Zurück!" - Stille. Keine erstickende Vulkan-Asche bedeckte mich, nur Stille. Totale Stille umgab mich. Allmählich hob mich mein Bewusstsein behutsam empor, und ich wusste plötzlich, dass ich nur die Augen zu öffnen brauchte, um wieder voll da zu sein, mitten im Leben.

Endlich tat ich, was das Leben von mir erwartete. Ich öffnete die Augen und erwachte vollends, war aber dafür in Schweiß gebadet, der mich wie heißer Teer umhüllte. Doch es war nur die Tunika. Sie klebte an mir wie eine zweite Haut und schien mich mit der Matte, auf der ich jetzt lag und nicht mehr saß, auf ewig zu verschmelzen. Da meldete sich nochmals der Vulkan meiner Angst in mir und stieß das heiße Leben kampfbereit heraus aus meinen Lungen. Ich schrie laut auf und riss mich von der Unterlage los, um dem Leben zu folgen. Endlich frei. Die Augen weit auf! Ich stand: Da war das helle Fenster, und davor der Schatten vieler Bäume. Ich würde sie brauchen. Das fühlte ich.

Der Meister allerdings war alles andere als zufrieden mit mir. Äußerst erregt wollte er sofort wissen, was ich erlebt hatte, um beurteilen zu können, welche Richtung ich genommen und welche Stufe ich erreicht hatte. Offenbar war meine "Große Fahrt" völlig anders verlaufen, als er über seine hypnotischen Befehle vorgesehen hatte, doch ich weigerte mich beharrlich, ihm von dem Erlebten zu erzählen.

Die graue Seelensuppe war einfach zu viel für mich gewesen. Mir waren deshalb auch die auf mich einhämmernden Worte der anderen völlig egal, mochten sie mich verhetzen, wie sie wollten. Ich würde nichts erzählen; gar nichts. Aber ich begriff inzwischen, weshalb wir vor allen Übungen immer die komische weiße Kleidung anlegen sollten: Ich konnte jetzt nicht einfach so davonlaufen. Nein, ich musste mich in einem Nebenraum erst umziehen - und eigentlich dazwischen auch noch duschen. Bremsklötze auf dem Fluchtweg, die mich stolpern lassen sollten, zischte es in mir. Also überwand ich voll heißer Kraft die Hürden der Ordnung und hastete anschließend hinaus, hinaus in die Freiheit, den Meister und die mich umdrängenden Schüler von mir fortstoßend.

An der frischen Luft fühlte ich mich endlich befreit von jeglichem Druck. Wie dem unwiderruflichen Tode entronnen, so war mir zumute. Nein, eigentlich nicht dem Tode, sondern dem Übertritt ins Jenseits war ich entronnen. So kam es mir jedenfalls stimmiger vor; und so müsste es auch tatsächlich gewesen sein, wenn ich an die Nahtod-Berichte ehemals klinisch Tot-Erklärter denke. Aber gab es da vielleicht doch einen Unterschied?

Wahrscheinlich ja; denn der Licht-Tunnel und das Gefühl der Liebe fehlten bei mir restlos. Deshalb beschloss ich für mich unmittelbar danach und noch am selben Tage mehrfach wiederholend, niemals wieder an derartigen Sitzungen bei wem auch immer teilzunehmen. Unwiderruflich: Niemals wieder! Abstand wollte ich haben von allem, was mit Esoterik irgendwie zusammenhing. Endgültigen Abstand. Riesen Abstand. Vergessen wollte ich alles. Esoterische Interessen hin oder her.

Übelkeit stieg in mir auf, und ich nagelte meinen Blick fest an die dichtbelaubte Krone eines nahestehenden Baumes, deren Grün das immer noch lodernde Rot meiner Angst allmählich beruhigend durchzog, die drängende Getriebenheit in mir dämpfte und zu einem festen braun hin die helle Unruhe abdunkelte, die mich noch hin und wieder erzittern ließ und mich immer noch aufzubrechen drohte. Endlich löschte der kühle Wasserzug des festen Baumstammes die lodernde Angst in mir. Eine mich rettende Vorstellung, wie mir erst später klar wurde.

Ich weiß nicht, wie lange ich so dastand, aber allmählich beruhigte ich mich tatsächlich. Also löste ich mich von diesem Baum, dankte ihm und trat in den hellen Sonnenschein, der den Baum einkreiste. Die Sonne schien wie gewohnt; ihr Licht ließ meine Brust unberührt. Ich atmete auf. Und ich tat es langsam noch einmal und noch einmal. Jetzt endlich war mir wohler. Die Passanten um mich herum nahm ich nun ebenfalls wahr. Aber niemand schien sich an meinem Starren auf den Baum gestört zu haben. Anscheinend waren die Leute absonderliches Verhalten in der Umgebung dieses Institutes gewöhnt. Mir war das jedoch völlig egal. Ich lebte wieder. Und nie wieder, wirklich niemals wieder würde ich dieses Institut betreten.

Der Tag nach der "Großen Fahrt" begann so freundlich, als wäre nichts gewesen. Das half mir sehr, das Erlebte in meinem Bewusstsein mit gewohntem, sicherem Alltag zu überdecken. Auch die folgenden zwei Tage verliefen nicht anders. Der vielfach wiederholend eingeübte Alltag wirkte auf mich wie ein Treibanker: Keine Woge der grauen Seelensuppe drohte mehr, über mich hereinzustürzen und mich aufzulösen. Meine Sicherheit kehrte allmählich zurück. Deutlich konnte ich nun wieder zwischen Phantasie und Wirklichkeit unterscheiden.

Um die Verbindung zur Realität mit gewohntem Alltag zu stärken, meldete ich mich noch innerhalb meines Urlaubs in der Redaktion. Ich wollte mich nach meinem Urlaub nicht überraschen lassen, gab ich vor. Zwar schüttelte Anke, unsere Sekretärin, sofort ungläubig den Kopf, als ich ihr das sagte; denn von Überraschungen lebten wir ja in unserem Job. Die Gedanken meiner Kollegen waren mir aber in diesem Fall egal. Ich brauchte einen festen Boden von Tatsachen, und den konnte mir mein Beruf sofort und jederzeit liefern.

In der Nacht zum 4. Tag nach der Reinkarnations-Sitzung hatte ich dann aber einen Traum, der mich erneut innerlich tief berührte und den ich deshalb bis heute nicht vergessen habe. Er ist auch der Grund, weshalb ich glaube, dass ich mit der Erstellung des angeblichen Kongressberichtes wesentlich mehr zu tun habe, als mir bewusst ist. Gerade hierdurch nimmt dieser Bericht jedoch eine Ernsthaftigkeit an, die mich nach seinem Auftauchen zeitweilig wieder in den Strudel der Reinkarnations-Fahrt zu reißen droht. Ich muss mir aus diesem Grund große Mühe geben, weiterhin sachlich zu berichten. Es war und blieb bisher der einzige Traum, den ich nicht farbig erlebte, sondern nur in Schwarz-weiß-Tönungen. Er verlief wie folgt:

Irgend jemand war gestorben, und wir, das heißt einige mir unbekannte Personen, die ich nicht genau wahrnehmen konnte in der waltenden Düsternis, und ich, wir sollten nacheinander antreten, um unser Erbe in Empfang zu nehmen. Der Raum, in dem wir uns befanden war so dunkel, dass ich weiterhin nur sehr undeutlich einige Schatten um mich herum wahrnehmen konnte. Dennoch wusste ich genau, wo ich mich anstellen musste. Also reihte ich mich ein in die Warteschlange der anderen schwarzgekleideten Erben. Die Tönung meiner Kleidung weiß ich nicht, darauf habe ich nicht geachtet. War wohl auch unwichtig. Irgendwann war ich an der Reihe. Von einem hohen schwarzen Podest herab bekam ich aus dem Dunkel heraus zwei Bücher als mein Erbe übereignet. Ich schlug das letzte dieser beiden Bücher sofort auf. Dessen letzte Seite war gezeichnet mit dem Namen >Isa<. Diesen Namenszug noch vor mir sehend, glitt ich langsam hinein ins Erwachen, wobei ich die Worte aussprach: "Ach, von ihm habe ich geerbt."

Aufgewühlt von diesem Traum, erzählte ich ihn sofort Irena, meiner damaligen Freundin, bei unserem Treffen, das wir für denselben Tag vereinbart hatten. Nach meinem Traum-Bericht hörte ich statt eines Kommentares von ihr nur den Satz:

"Ach ja, >Isa<! Richtig, Isa! Das ist der arabische Name von Jesus. Damit bin ich nämlich gestern beim Kreuzworträtsel hängen geblieben. Das >S< im Namen, "Isa", brauche ich nämlich unbedingt für das Preisausschreiben, das es zu diesem Rätsel gibt. Jetzt fehlen mir nur noch zwei Buchstaben. Aber ich denke, nun wird es einfacher. Danke! Komischer Zufall: Du träumst das, was ich brauche."

Irena schüttelte leicht den Kopf, und ihr beigemischtes Lächeln reihte diesen Zufall ein in die selbstverständlichen Zufälle des Alltags.

Mir blieb die Sprache weg. Ein Schauer überlief mich. Irena stutzte wegen meiner Schweigsamkeit, sie sah mich danach aber nur kurz und immer noch verständnislos an und wechselte mit ihrer nächsten Bemerkung schnell zu einem Thema, das uns allen viel näher lag: "Du, eine Million wartet im Lotto. Kannst Du nicht rein zufällig auch mal die richtigen Zahlen erben?"

Was sollte ich dazu sagen? Ich blieb sprachlos. Das machte aber gar nichts, denn um so mehr konnte Irena reden. Endlosigkeit von Nachrichten und Geplapper war ich als Journalist gewohnt. Vielleicht verstand ich mich ja deshalb so gut mit ihr.

Ungeachtet der Gedankenlosigkeit meiner Freundin, fuhr es durch meinen Kopf, dass dieser Traum wohl eine reale Bedeutung haben müsste. Das mit dem Kreuzworträtsel, das war für mich kein Zufall mehr!

Nach meiner nur vier Tage zurückliegenden Vorerfahrung brauchte ich unbedingt eine Klärung dieses Traumes. Dieses Mal wollte ich jedoch offizielle Fachleute aufsuchen. Ich beschloss daher, diesen Traum einem Pfarrer zu erzählen - und dazu vielleicht auch noch einem weiteren, einem von der anderen Feldpostnummer.

Zu meiner großen Enttäuschung befanden jedoch beide Pfarrer unabhängig voneinander, dass dieser Traum nichts Besonderes wäre und daher auch nichts weiter bedeuten würde. Na ja, einerseits konnte mich diese Aussage ja beruhigen, andererseits auch nicht, da ich weder dem katholischen noch dem evangelischen Pfarrer etwas von der Vorgeschichte erzählt hatte. Aber hätte das etwas geändert? Trotzdem hielt ich mich brav an die Aussage der beiden Pfarrer und vergaß das Ganze allmählich.

Viele Wochen später las ich per Zufall in der Bibel, dass wir keine Toten beschwören sollen. Wer weiß, was dabei alles zu erleben war, durchfegte sofort danach ein Gedanke mein Bewusstsein und blies die Bibel vom Tisch. Mich interessierte das Esoterische jetzt überhaupt nicht mehr. Niemals wieder.

Ich hob die Bibel auf und stellte sie zurück an ihren Platz. Die Priester, die das geschrieben hatten, wussten wahrscheinlich weitaus mehr als alle diese Möchte-gern-Gurus.

Den beim Lesen soeben erlebten Flash-Back stufte ich ohne Zögern als bedeutungslos ein.

Jahre vergingen schließlich, meiner Rechnung nach sogar volle zwei Jahrzehnte. Sportlich war ich in der Zwischenzeit recht aktiv gewesen, da ich die Sparte gewechselt hatte und mehr über Extrem-Sport berichtete. Sogar Marathonläufe hatte ich absolviert, um aus eigener Erfahrung mitreden zu können, auch extrem lange Radtouren hatte ich bewältigt und mir überlegt, ob ich nicht 'mal den Rennsteiglauf, einen Crosslauf von 68 km Länge, mitmachen sollte und als Krönung vielleicht sogar den Sertig-Lauf in der Schweiz. Hierfür hatte ich sogar das Bergauf-Joggen in den Alpen trainiert, und 600 Höhenmeter bereiteten mir inzwischen keinerlei Probleme mehr. Nach 14 Tagen ohne Extrem-Tour, wurde ich direkt unruhig. So fit fühlte ich mich. Privat lebte ich wieder mal fast alleine, und ich arbeitete, als hätte es nie etwas anderes gegeben. Sonst hätte ich die vielen Trainingszeiten wohl auch gar nicht absolvieren können. Meine Freundin Tina nahm das hin.

Wie gewohnt ging ich eines Tages nach Beendigung meiner Arbeit in der Redaktion für die Wahrnehmung eines Lokal-Termins zum Parkplatz, auf dem mein Auto stand. Da überfiel mich urplötzlich das Gefühl meines unmittelbar bevorstehenden Todes: Schwarz und stechend lagerte es auf meiner Brust. Ich erschrak gewaltig; dennoch fühlte ich mich absolut gesund und topfit. Der letzte Marathon lag noch nicht allzu lange zurück. Das Gefühl meines Todes mahnte jedoch unerbittlich. Diesem Gefühl nach musste ich jede Sekunde damit rechnen, tot umzufallen.

Was sollte ich jetzt tun? Stehen bleiben und warten? Ich entschied mich für's Weitergehen, umfallen könnte ich dann ja immer noch, überlegte ich. Das mag jetzt albern klingen, aber was soll man in so einer Situation anderes machen? Ich weiß es bis heute nicht.

Trotz meines tapferen Entschlusses weiterzugehen, tippte ich einzelne Stationen meines Körpers an, die eventuell krank sein könnten. Aber ich fand beim besten Willen nichts Tödliches. Also lief ich weiter, etwas gehemmt zwar durch die Erwartung, demnächst tot umzufallen, aber ich lief weiter. Auf dem Weg zum Auto kam ich zuletzt am Standesamt vorbei, das an diesem Parkplatz liegt. Recht kurz nacheinander begegneten mir in seiner Nähe 2 Pärchen mit einer Baby-Tragetasche zwischen sich.

"Ach, die wollten sicherlich zum Standesamt, um irgendetwas eintragen zu lassen", dachte ich mir und zog weiter den Weg am Standesamt vorbei zum Parkplatz. Irgendwie berührten mich diese Begegnungen aber mehr, als ich mir klar machen wollte; denn wiederum urplötzlich schoss es mir durch den Kopf: "Ist Tina etwa schwanger!!!?" Und weg war das Todesgefühl. Aufgeregt, wie ich daraufhin war, ließ ich den vereinbarten Lokaltermin sausen, tobte sofort zu Tina und fragte sie.

"Nee, zum Glück nicht. Ich hab gerade meine Regel noch gehabt. Das müsste ich dann ja wissen." Entspannt plauschten wir anschließend noch eine Weile, und weitaus später als beabsichtigt, suchte ich am Abend meine Wohnung auf. Puh. Das war noch einmal gut gegangen. Trotzdem fand ich das komisch mit dem Gefühl. Aber na ja, nicht alles musste eine Bedeutung haben.

Ich glaube, etwa zwei Monate später rief mich Tina unvermittelt im Büro an. Wir hatten uns zwischendurch öfter mal getroffen, deshalb war ich überrascht von ihrem Anruf; weil die nächste Verabredung gerade am Vortag noch vereinbart worden war. Ich erwartete deswegen eine Absage unserer Verabredung oder so und wartete etwas missmutig auf das, was sie mir erzählen würde.

"Hallo!" kam es überschwänglich munter aus dem Hörer. "Du, ich war heute wegen einer Zwischenblutung beim Frauenarzt gewesen. Rate mal, was der gesagt hat!!" - Eigentlich wollte ich mit Sprachlosigkeit reagieren. Dunkel in mir stieg aber die Erinnerung an das Todesgefühl auf, sodass ich leise hervorkeuchte: "Du bist schwanger?!?" - "Ja, genau!" kam es übertrieben laut zurück. Pause. Längere Pause. Dann die etwas abgeklärter klingende Frage von ihr:

"Du, was machen wir jetzt? Ich bin im zweiten Monat."

Die Erinnerung an das Todesgefühl hielt mich eisern umklammert. Meine Antwort stand deshalb schon fest, noch bevor ich anderes überlegen konnte. Mehr automatisch als lebhaft setzte ich also meine Gedanken in laut gesprochene Worte um: "Na, wir heiraten natürlich."

Ich hatte versucht, begeistert zu klingen. Ein überaus glückliches "Juchhu!" verriet mir, dass es mir gelungen war, doch dieser eine Ausruf beendete unser Gespräch abrupt. Offenbar hatte sie vor Aufregung das Telefon vom Tisch gerissen. Ich aber war danach absolut unfähig, auf das erneute Klingeln des Telefons zu reagieren. Ich nahm mir deshalb für den Rest des Tages frei. Erst musste ich mit mir ins Reine kommen, bevor ich irgendetwas anderes tun konnte.

Als ich mich endlich wieder in der Gewalt hatte, merkte ich und machte es mir auch bewusst, dass mich dieser Anruf in Verbindung mit dem Todesgefühl trotz aller Widersprüchlichkeit oder gerade deswegen gründlich verändert hatte. Ich glaubte jetzt an Gott; nein, ich wusste fortan, dass es ihn gibt, wer und was auch immer er oder es sein mochte.

Ich dankte ihm für mein Leben und stand dann abends mit einem riesigen Blumenstrauß vor der Wohnungstür von Tina. Unsere Tochter Alice ist jetzt auf das Gymnasium gekommen und unsere jüngste Ausgabe, Thomas, wird nächstes Jahr eingeschult.

Wegen meines ehemaligen Interesses für Esoterik ließ mich das Erleben dieses Todes-Gefühls jedoch nicht los. Und da dieses realistische Gefühl des Todes erneut all mein Wissen und auch meine horrorartige Vorerfahrung wieder wachgerufen hatte, beschäftigte ich mich fortan mit der Bibel, und hier zunächst insbesondere mit dem Auftreten von Engeln. Und mir fällt jetzt erst hierzu ein, dass dies wohl der Auslöser war für eine spätere, weitaus eingehendere Beschäftigung mit der Bibel als ich ursprünglich beabsichtigt hatte. Sehr wahrscheinlich hänge ich deshalb tiefer drin in der ganzen Geschichte mit Erzengel Metatron als ich es wahrhaben will.

Kann man aber so etwas wie das Verfassen eines Berichtes so gänzlich total vor sich verstecken? Hysteriker sollen das können.

Aber selbst wenn ich hysterisch sein sollte, was Tina ab und an behauptet, wenn ich wieder mal eine Schau abgezogen habe und Meine Tochter noch eine Woche hinterher artig kuscht, wenn für michsie was tun soll, so ändert das nichts an den Tatsachen: Der Kongress-Bericht räumt tatsächlich mit einigen biblischen Rätseln auf.

Und nur wegen der gelösten Bibel-Rätsel sprach der Pfarrer gegenüber unserem Bibel-Fachmann wahrscheinlich von "Inspiration". Den Kongress-Bericht kann ich also gar nicht verfasst haben. Ich hab doch davon als Laie keine Ahnung. Es ist auch nicht mein Ressort, selbst wenn ich mich laienhaft etwas mehr mit der Bibel befasst habe als andere. Und unser Bibel-Fachmann war es auch nicht, wie er versichert. Dem glaube ich das. Der hat noch nie gelogen, ohne es hinterher sofort immer irgendwem von uns zu beichten. Armer Kerl. Wie kommt der nur mit seiner Familie klar. Aber das ist hier unwichtig. Offenbar will ich von der Hauptsache ablenken. Irgendwie ist sie mir zu ernst. Doch ich komme nicht drum´rum: Der angebliche Bericht von Metatron steht.

Wenn ich dessen Verfasser wäre, dann würde es allerdings eine Menge erklären - oder wiederum auch nicht: Die von mir hierzu herausgearbeiteten Zufälligkeiten aus dem Leben Martin Luthers in Zusammenhang mit der Wahl eines deutschen Papstes wirken im Gegenteil eher verstärkend auf das Geheimnis um den Kongress-Bericht, wer auch immer ihn verfasst hat. Ja, es ist meiner Ansicht nach in diesem Zusammenhang sogar völlig gleichgültig, wer den Bericht verfasst hat, da er eines in jedem Fall klar herausstellt: Erneut muss sich ein deutscher Papst mit einer außergewöhnlichen deutschen Schrift auseinandersetzen. Darum kommt er nicht herum, wenn der Bericht bekannt wird; denn es betrifft sowohl eine gänzlich neue Sicht der biblischen Erzählungen als auch die Zukunft der Menschen auf dieser Welt - Falls das überhaupt jemanden interessiert.

Doch so viel weiß ich inzwischen: Im neuen Testament wird von Christus berichtet, dass von ihm ein genaues Datum der Endzeit nicht genannt werden konnte. Nicht einmal von ihm. Deshalb weiß ich nicht, ob dieser Kongress-Bericht in deutscher Sprache nicht doch wirklich nur zufällig zeitlich mit der erneuten Wahl eines deutschen Papstes zusammenfällt und wirklich nur ebenso zufällig kurz vor dem Weltende verfasst wurde, das die Mayas für den 21. Dezember des Jahres 2012 erwarten. Ich hoffe sehr auf das Rein-Zufällige in diesem Fall; und ich verwünsche deshalb meine Idee, vor die 483 Jahre zwischen der Wahl des siebenten und des achten deutschen Papstes eine >1< gesetzt zu haben, die aus dieser Zahl das Jahr 1483 werden lässt, das Jahr der Geburt von Martin Luther. Aber mit der >1< vor der 6 des damaligen Papstes Hadrian VI. die 16 des jetzigen Papstes Benedict XVI. zu machen, das war für mich wirklich zu verführerisch gewesen. Die 483 in eine 1483 zu verwandeln, das ging danach richtig automatisch. Ich hoffe also wirklich, dass alles nur auf Zufall beruht. Das Jahr 2013 wird es sicherlich zeigen - Wenn wir es denn erleben, was ich inständig erhoffe.

Ich wünsche allen Leserinnen und Lesern eine frohe und unbeschwerte Zukunft.

Apropos Zukunft: Was passiert eigentlich, wenn ich die 483 von der 2012 abziehe? Irgendwie habe ich Angst vor dem Ergebnis. Ich hoffe sehr, es ergibt eine völlig bedeutungslose Jahreszahl. Ich werde aber trotzdem logisch korrekt zu Ende führen, was ich begonnen habe.

Die Berechnung hätte ich lieber nicht anstellen sollen: 2012 - 483! Das Ergebnis lautet 1529. Es ist ausgerechnet das Jahr, in dem der 2. Reichstag zu Speyer abgehalten wurde. Das hatte ich im Bericht zu Luther ganz vergessen gehabt (Hab ich zwischenzeitlich natürlich eingefügt). Umso mehr bestürzt mich aber die Bedeutung dieses Datums: Seither werden die Anhänger Martin Luthers, "Protestanten", genannt: Dieses Wort bezeichnet mithin den endgültigen Sieg Martin Luthers. Wenn die Ergebnisse mit der 483 nun jeweils einen Anfang bedeuten (Geburt Martin Luthers war 1483), dann ist er im Jahr 1522 mit der Übersetzung des Neuen Testaments ins Deutsche gegeben: Alle im Volk sollten den Text der Bibel lesen können, und ein deutscher Papst hätte ihn anerkennen können. Und jetzt wird es erst richtig spannend: Der erste Countdown lief mit dem Jahr 1522 für das Papsttum an.

7 Jahre später, d.h. im Jahre 1529 kam die Bestätigung für die deutsche Übersetzung der Bibel sowie für die Glaubenserneuerung durch das Volk selbst: 14 Reichsstädte protestierten zusammen mit zwei Landesherren gegen die Ablehnung der Lehre von Martin Luther. Und *unbemerkt begann ab 1529 erneut ein Countdown von 483 Jahren zu laufen.*

Im Jahr 2005 wurde der erste Countdown fällig: Ein achter deutscher Papst wurde gewählt. Erneute Ignoranz gegenüber vielfach geäußerter Kritik: Keine Erlaubnis von Praeservativen insbesondere in Afrika zur Verhinderung der Ausbreitung von AIDS und des weiteren keine Aufhebung des Zölibats. Der Skandal eines vielfachen Missbrauchs von Kindern in kath. Einrichtungen Deutschlands folgte recht unmittelbar. Der deutsche Papst ist persönlich gezwungen, sich mit den Skandalen in deutschen Einrichtungen auseinanderzusetzen [Das Präservativ-Verbot wurde inzwischen gelockert / Anmkg. d Redaktion].

Doch der Schrecken ist noch nicht beendet; denn der Ablauf des 1529 begonnenen zweiten Countdowns für die restlichen Christen wird erst 7 Jahre nach 2005 zu erwarten sein: Es ist, eiskalt berechnet, das Jahr 2012!

Wenn die berechneten Zahlenwerte nicht so fatal stimmig wären, könnte mich das ebenso kalt lassen, so aber packt es mich wieder mit eisernen Klauen: Kommt denn im Jahr 2012 wirklich das Ende? Welch unglaublicher Zufall: Die Maya-Religion denkt sich vor Jahrhunderten ein Weltende aus und 2012 soll es geschehen: Ein neues Reich nach Maya-Vorstellungen soll beginnen. Also eigentlich soll es einen neuen Anfang bringen, doch unwiderruflich wird es das Ende des bisherigen gottlosen Lebens bedeuten - und dies wird bestätigt gemäß der auf dem Stuhl des Papstes wirksam gewordenen Zahl von 483: Sie gibt den Countdown, zum einen für das Papsttum und die kath. Kirche und zum anderen für das evangelische Volk, freilich um 7 Jahre verschoben: Zwischen dem Jahr   1522 (Wahl des ersten deutschen Papstes)

und dem Jahr	1529 (das Protestantentum nimmt seinen Beginn)
liegen genau	7 Jahre.

Beide Jahre, sowohl 1522 als auch 1529, geben also den Beginn eines göttlichen Countdowns an.

Zwischen dem Jahr	2005 (Wahl des zweiten deutschen Papstes)
und dem Jahr	2012 (errechneter Weltuntergang gemäß Religion der Maya)
liegen ebenfalls	7 Jahre.

Beide Jahreszahlen, also 2005 und 2012, geben folglich den Ablauf des obigen Countdowns an. Anschließend folgt jeweils ein Desaster; 2012 wohl ein endgültiges oder eines, das nur die Protestanten betrifft - so ähnlich wie zuvor den Papst.

Alle in den obigen Berechnungen verwendeten und irgendwie mystisch wirkenden Zahlen sind zwei Mal verwendet worden: Die 1, die 6, und die 7, Lediglich die 483 ist dreifach verwendet worden. Sollte sie nun vielleicht sogar ein viertes Mal angewendet werden, z.B. in Form einer bloßen Addition:

483 + 483 = 966.

Logisch, 966. Was sonst? Nur die zweifache 6 stört mich, auch wenn sie logisch errechnet worden ist. Weil: Das erste Mal trat jeweils nur eine >6< auf, und zwar jeweils bei den

Päpsten. Jetzt, bei der letzten Berechnung, sind es bereits zwei >6en< hintereinander: 66. Die einzelne 9 davor, das ist die dreimalige Wiederholung der Bewegungszahl 3, sie kündet deshalb eine letzte Bewegung an, hin zur Vollendung, wie es der Lehre der Numerologie entspricht. Im Irdischen deutet die 9 auch die Belohnung an, da die 1 in Verbindung mit der 0 in der Ziffer 10 bereits die Grenze zur nächst höheren Klasse überschreitet, jedenfalls im Dezimal-System, und darin wiederum ein Zeichen des Endes setzt. Die letzte 6 in einer Dreier-Reihe müsste demnach das tatsächliche Ende im Diesseits ankündigen.

Irgendwie unheimlich wird mir dabei. Ich mag nicht nachschauen. Doch ich ahne, ich brauche hierfür nur in der letzten Schrift der Bibel nachzulesen, und ich werde diese Zahl irgendwie finden. Es ist die verhexte 6, die mich stört: Hadrian der 6. wurde gefolgt von Benedikt 16. Sollte nun auch ein drittes Mal die 6 den fatalen Schluss erbringen, ich glaube, es würde meine Seele endgültig zerfetzen.

Bitte! Ich will nicht nachschauen - und dennoch habe ich das Gefühl, dass ich es tun muss. Den Lesern oder mir zu liebe? Ich weiß es nicht. Aber ich werde jetzt aufstehen und mir die letzte Schrift der Bibel greifen und nachlesen: Natürlich, die letzte Schrift der Bibel ist die Apokalypse. Die Prophezeiung des Endes unserer Welt.

Was auch sonst sollte die letzte Schrift der Bibel behandeln, wenn nicht das Ende?

Aber was soll die >6< damit zu tun haben? Ich mag es nicht nachlesen. Es würde wohl auch mein Ende bedeuten: Insgesamt wäre es dann drei Mal die Zahl >6<, die eine unheilvolle Bedeutung hätte. Klar, die dreimalige >6< bedeutet etwas Teuflisches, soviel habe ich inzwischen schon gehört. Aber woher kommt die dreifache >6<? Ich habe noch nie darüber nachgedacht. Zeigt sie das Ende? Oder käme diese dreimalige >6< nur allein durch mich, durch einen unbedeutenden Menschen zustande?

Was für eine schwache Hoffnung, doch es ist eine.

Mit dem Ausblick auf „eine schwache Hoffnung" schloss der Bericht unseres ehem. Kollegen Schlicht. Offenbar hat er es nicht mehr vermocht aufzuschreiben, was er in der Apokalypse gefunden hat. Wir haben es für ihn getan; denn wir glaubten, es ihm und den Lesern dieses Buches schuldig zu sein.Aber wir hätten es vielleicht lieber nicht tun sollen. Ein Entsetzen hatte nämlich auch uns erfasst, als wir den letzten Satz des 13. Kapitels in der Apokalypse lasen: "Es ist eines Menschen Zahl. Gerade dies muss unseren armen Kollegen Schlicht wohl um den Verstand gebracht haben, erwähnte er doch selbst zum Schluss, dass er ein "unbedeutender Mensch" sei. Zu Ihrer Information folgt nun der Text Dieses Bibelverses.

In Kapitel 13, Vers 18 der Apokalypse des Johannes steht [Übersetzung der kath. Bibel von 1962]:

"Hier ist die Einsicht: wer Verstand hat, der berechne die Zahl des Tieres; denn es ist eines Menschen Zahl, und seine Zahl ist sechshundertsechzig und sechs."

Unumwunden müssen wir zugeben, es verschlug auch uns zunächst die Sprache: Die dritte 6 wird in dieser Übersetzung extra erwähnt! Und dann auch noch dies: "Es ist eines Menschen Zahl"! Gerade darauf aber, dass nur er selbst diese Zahl "berechnet" hatte, gerade darauf hatte unser Kollege seine schwache Hoffnung gegründet - und er wurde ausgerechnet dadurch vernichtet in seiner Seele! Und unwillkürlich drängte sich auch uns die Vorstellung auf: Kann denn damit etwa wirklich unser ehemaliger Kollege gemeint sein? Das kann doch aber gar nicht sein, sagten wir uns; denn er verbringt nun sein Leben in einer Klinik wegen bestehender Selbstgefährdung. Trotzdem war es irgendwie unfassbar für uns. Wir mussten uns mit Gewalt von dieser Vorstellung der "Zahl eines Menschen" losreißen.

Um uns zu beruhigen, lasen wir anschließend auch das Kleingedruckte, das als Erklärung unter das Kapitel 13 der Apokalypse in der kath. Bibel gesetzt ist (Musste es auch ausgerechnet das 13. Kapitel sein?). Es sollte uns eigentlich endgültig einen festen Boden geben, doch es bewirkte das Gegenteil. Lesen Sie selbst:

Prof. Kürzinger, der Übersetzer des zweiten Teils der kath. Bibel, schreibt als Erklärung zu Kapitel 13 der Offenbarung:
"Die Deutung der Zahl 666 ist trotz aller Versuche bis jetzt nicht überzeugend gelungen, sie war schon im zweiten Jahrhundert, nach dem Zeugnis des hl. Irenäus, nicht mehr bekannt. Vielleicht soll weniger auf einen bestimmten Namen als auf die dämonische Gottwidrigkeit und zugleich die damit gegebene Unvollkommenheit hingewiesen werden, insofern die Grundziffer hinter der heiligen 7 oder der doppelt so großen Zahl 12 zurücksteht."

Die Erklärung von Prof. Kürzinger zur 666 sowie zu den Zahlen 7 und 12 war für uns alles andere als beruhigend. Insbesondere die letzte Zahlenspielerei des Übersetzers mit der doppelten 6 hätte er lieber lassen sollen: Die fatale 12 setzte uns nämlich wieder an den Anfang unseres Entsetzens zurück: 2012. Die 2-malige 6. Dies waren gewiss ebenfalls die Gedanken unseres ehemaligen Kollegen gewesen. Und dann wird von ihm auch noch die >7< erwähnt! Das hätte er aus unserer Sicht ebenfalls lieber lassen sollen, signalisierte die 7 für uns doch den Beginn eines zweiten Countdowns.

Verständlich wurde uns jedenfalls mit dieser letzten Zahlenspielerei - nunmehr war es die Spielerei eines Theologen - weshalb unser empfindsamer Kollege Schlicht an diesen Zahlen-Zufällen schließlich scheiterte. Doch insgeheim fragt es in unserem Inneren ebenfalls weiter:

Sind das wirklich alles noch Zufälle? Und nun veröffentlichen wir dieses kleine Buch ausgerechnet 2012, also im Jahr des Endes und ein Jahr nach dem Papstbesuch bei uns in Deutschland. Alles Zufall natürlich, reden wir uns ein.

Ursprünglich hatten wir deshalb an dieser Stelle abgebrochen. Die 12. Seite unseres Scriptes war gefüllt; die 13. Seite wollten wir deshalb nur noch kurz anreißen - oder uns bis zur 14. Seite unseres Scripts durchbeißen? Warum? Hatte das Entsetzen nun auch uns endgültig gepackt? Absurder Gedanke! Aber die Zahl >13< ist alles andere als beruhigend, führt sie doch im 13. Kapitel der Offenbarung des Johannes zur Bestätigung für die dritte >6< zum Weltende! "666" steht es in deutlichen Ziffern in der nach unserem Wissen möglichst wörtlich übersetzt gehaltenen Scofield Bibel.

Wie wir es auch drehen: Wir kommen nicht los davon. Das Ganze wird nämlich noch viel verrückter, wenn wir denjenigen Berichten Glauben schenken, die davon ausgehen, dass lediglich eine fehlerhafte Angleichung des Maya-Kalenders an unseren christlichen Kalender zur Jahresangabe 2012 geführt hat. Eigentlich hätte es das Jahr 2011 sein sollen (oder gar 2010?). Wäre dieser Fehler nicht passiert, nichts wäre es gewesen mit der sinnvollen zweimaligen Verwendung der 483 Jahre und dem anschließenden Countdown.

So aber, nur wegen dieses eventuellen Kalenderfehlers, erscheint das Jahr 2012 als Angabe in der Prophezeiung des Welt-Unterganges. Sollte das alles so sein?

Aber was spielt das für eine Rolle? Die Übereinstimmungen bleiben so oder so unheimlich. Warum sie noch toppen wollen mit einer angeblichen Unstimmigkeit der Kalender-Umrechnung? Angesichts dieser unmäßig vielen Zufälle weigert sich der Verstand ohnedies, das alles zu akzeptieren. Dennoch ist es so. Die Überlegungen, die Berechnungen unseres ehemaligen Kollegen stimmen - bis hin zur Anmerkung ausgerechnet in der katholischen Bibel.

Hätten wir gleich in der evangelischen Bibel nachgelesen, wäre es nur halb so schlimm gewesen. Nirgendwo sonst taucht nämlich die 7 und die 12 als Anmerkung zur Apokalypse auf, d.h. zur Offenbarung des Johannes. Aber durch Frau und Kinder ist unser ehemaliger Kollege katholisch angehaucht. Deshalb hatten wir eine kath. Bibel verwendet.

Und gerade weil die Berechnungen unseres ehemaligen Kollegen keinerlei Geheimwissen verlangen, wirken sie sogar auf uns rein sachlich denkende Menschen irgendwie unheimlich, auch wenn wir es nicht wahrhaben wollen; denn die von F.V.Schlicht offengelegten Zahlen-Zusammenhänge entziehen sich jeglicher rationalen Erklärung.

Wir hätten wohl keine Scherze mit dem Gottesglauben unseres ehemaligen Kollegen treiben dürfen, so glauben wir allmählich. Die dadurch bei ihm ausgelösten Zahlenspielereien zu

Papsttum und Weltende scheinen sich in ihrer Wirkung wie eine Rache nun auch auf uns zu übertragen. Wir lachen seither kaum noch, wenn wir im Team zusammensitzen, und niemand von uns redet gern und freiwillig über Künftiges, so ist uns selbst aufgefallen.

Ein schwacher Trost wird allein angezeigt von der eigentlich heidnischen >13<, da sie - auch nach Maya-Vorstellungen - rein göttlichen Ursprungs ist. Einen Neu-Anfang unter dem Zeichen eines Maya-Gottes erwarten die Maya deshalb nach dem 21.12.2012 für das 13. Jahr dieses Jahrtausends. Immerhin wäre es ein Anfang im Zeichen der 13, der heidnisch-göttlichen 13 - schließlich war Christus der 13. im Kreis seiner 12 Jünger. Welch "Zufall"! Aufgehoben wird dieser Trost aber durch Lamech, den letzten biblischen Stammvater vor der damaligen Weltkatastrophe, der Sintflut: Genau 777 Jahre alt wurde er; das ist 3 mal die 7 = 21. Damals wünschte er sich einen Trost in der Mühsal des Ackerbaus und nannte seinen Sohn deshalb Noah = "Ruhe". Nunmehr leben genau 7 Milliarden Menschen auf der Welt und wollen essen. Zusammengerechnet mit den zwei Siebenen, die Friedrich Victor ermittelt hat, sind nun ebenfalls 3 Siebenen zusammen. Sollten wir uns deshalb fragen, ob die Sintflut damals auch am 21. Tag eines Monats begann? Oder sollten wir uns - in Erinnerung an den verfluchten "Staffellauf zum Ackerbau" zu Beginn des kuriosen "Kongressberichtes" - erneut auf die Mühsal des Ackerbaus einstellen? Irgendwie wirken die vielen Zahlen-Zufälle unheimlich auf uns.

C.Sommer / W.Neumann
Stellvertretend für die Redaktion

Ende der Story. Eine Erfindung also. Doch das alles hätte sich genau so ereignen können, wie oben geschildert. Alle in der Story angegebenen Daten und Ausführungen zu Papsttum und Martin Luther beruhen auf tatsächlichen geschichtlichen Ereignissen. Selbst die unglaubwürdig erscheinenden Erlebnisse des Helden der Story beruhen auf wahren Geschehnissen, die sich erforderlichen Falles überprüfen ließen. Zu fragen ist daher, welcher Sinn dem Unglaublichen zu geben ist und auch der Idee, das Leben Martin Luthers in Zahlen zu zerlegen.

Möglich ist folgende Erklärung: Die Erzählungen des Alten Testaments lassen die Ackerbau-Lehre Israels in Ägypten als Folge des Ackerfluches sehen. Sie dienen als Beispiel für *alle* Menschen. Folglich gilt die Lehre vom Ackerbau ebenfalls für *alle* Menschen. Denn nach Biblischer und wohl auch moderner Ernährungslehre kann dem *Welthunger* nur durch vorrangige Beachtung des Ackerbaus gegenüber der Viehzucht wirksam begegnet werden. Logisch also, dass Gott ebenso wie damals möchte, dass *alle* Menschen satt werden.

In der Serie der äußerst merkwürdigen Erlebnisse vermutete ich mehr als nur "Zufälle". Deshalb brachte mich die weltweite Verknappung der Lebensmittel schließlich dazu, in den Erzählungen zum göttlichen Ackerfluch einen Hinweis Gottes zu sehen. Nach Ansicht des Rabbiners Nachmanides (13. Jhdt.) und gemäß Lehre der heutigen Physik gibt es nämlich keine Zufälle. Lassen wir also die Fakten noch einmal für sich sprechen.

Der biblische Ackerfluch ist *seit Jahrtausenden bekannt.* Er wurde und wird aber nicht weiter beachtet. Seine umfassende Bedeutung habe ich ca. 1980 mittels psychologischer Textanalyse entdeckt. Zu diesem Zeitpunkt war nur für Fachleute eine bevorstehende Verknappung der Lebensmittel zu erkennen gewesen. Vielleicht hatte der Ackerfluch deshalb keinerlei Bedeutung für die Kirche gehabt - trotz der sonderbaren Begleitumstände. Der damalige Erzbischof von Berlin ließ mir 2004 lediglich mitteilen, dass ich bezüglich Folgen des Ackerfluches einer "außergewöhnlichen Fragestellung" nachginge. Der "Kongressbericht" zeigt die Folgen des Fluches. Für die Zwecke der Story wurde er dem Erzengel Metatron zugedacht.

Weshalb geriet der Ackerfluch aber in Vergessenheit? Etwa, damit er "rein zufällig" zeitgleich zur *weltweiten* Aktualität des Themas, "Ackerbau", als Lehre Gottes erneut von Bedeutung für *alle* Menschen werden kann? Damals sollte der biblische Ackerfluch das Überleben Israels sicherstellen. Heute könnte er es für *alle 7 Milliarden Menschen.* Ackerbau kann nämlich weitaus mehr Menschen auf einer gleichgroßen Fläche ernähren als Viehzucht. Viele Naturvölker lernten jedoch erst **nach** einer Hungerkatastrophe (Das Essen der verbotenen "Frucht vom Baum der Erkenntnis"). Daher die Ermahnung. Denn zu fragen ist: Wann lernen wir aufgeklärten, modern denkenden Menschen?

Wohl wegen der Ignoranz der theologischen Fachwelt kam ich - wiederum "rein zufällig" - auf die Idee eines Zahlenspiels mit den Päpsten und Martin Luther. "Rein zufällig" führte es mich zum Weltuntergang im Jahre 2012. Durch ihn wird das Zahlenspiel überhaupt erst interessant. Aber wofür das? Meine Antwort: Katastrophen führen zu Gott. Das konnten alle Menschen nach der Zerstörung des World Trade Centers am 11. September 2001 erleben: Die Vertreter der drei großen Gottes-Religionen versammelten sich nach dem Unglück zu einem gemeinsamen Gottesdienst in ein und derselben Kirche und beteten zu ein und demselben Gott. Folglich sollte man meines Erachtens den im Zahlenspiel deutlich werdenden Fingerzeig Gottes ernst nehmen: "Da sprachen die Zauberer zum Pharao: Das ist Gottes Finger" [2. Mose 8, 15].

Dass der Pharao trotzdem verstockt blieb, wie die Bibel berichtet, könnte über das erzählerische Moment der Spannungssteigerung hinaus evtl. auch folgende Ursache haben:

Auch früher schon *wussten nur die direkt von Gott berufenen* Propheten und Priester sowie Schamanen, dass es tatsächlich eine göttliche Macht gibt. "Wo ist der Gott, der da straft?!" erzürnte deshalb der Spott den *wissenden* Propheten Maleachi (Mal 2,17). Rund 500 Jahre später war Christus selbst erzürnt wegen des Unglaubens der Priester. Es ist fatal: *Nur den Wissenden* war und ist klar, dass es Gott wirklich gibt. Die anderen können öder müssen es glauben. Darin liegt die Last der Freiheit des Menschen. Deshalb gilt: Gott könnte sehr wohl ernster mit uns reden, wenn er wollte.

F.V.Schlicht

Angaben zur verwendeten Literatur

Zitierte bzw. erwähnte Literatur soweit nicht im lfdn. Text erwähnt

01) **Die Bibel;** Pattloch Verlag, München 2002 [Übersetzung gemäß II. Vatikanischen Konzil]. Hier vor allem: Kommentar von Prof. Dr. Josef Kürzinger zur Offenbarung des Johannes, Kapitel 13, Vers 11–18.

02) **Die Bibel. Luthertext mit Apokryphen;** Deutsche Bibelgesellschaft, Stuttgart 1999

03) **Scofield Bibel. Revidierte Elberfelder Übersetzung;** Brockhaus Verlag; Wuppertal 2000. Kennzeichen dieser Bibel ist eine möglichst wortgetreue Übersetzung.

04) Sylvan Hoffman u. C.Hartlexy Grattan; dt. Bearbeitung von G.Prause: **Geschichte der Menschheit.** Berichtet im Stil einer Zeitung; Hammerich & Lesser Vlg. Hamburg 1960, Bd. 2. Die Sn.127 u. 129ff lieferten mir Idee sowie einige Einzelheiten der Zusammenschau von Leben und Wirken Savonarolas und Martin Luthers.

Kleine Auswahl der eingearbeiteten Literatur [Eine komplette LIteratur-Liste bleibt wegen ihres großen Umfanges einem geplanten Buch zur Bibel vorbehalten. Es wird außer Erläuterungen zum Bibel-Text darüber hinaus nähere Ausführungen zur Agrikultur und der damit verbundenen Kalender-Entwicklung und Astrologie enthalten]

01) **Die Bibel** in jedweder Übersetzung [als Tenach (Altes Testament) ist sie auch in der hebräischen Sprache zu haben]. Die oben wiedergegebenen Grundaussagen gleichen sich annähernd in den von mir überprüften Bibel-Fassungen, darunter eine aus dem 17. Jhdt. Die angeführte Zusammenfassung der Fünf Bücher Mose (Pentateuch) ist daher weitgehend textgetreu. Lediglich die Aussagen zum Religionsgründer Mose wurden an die Erfordernisse der Biblischen Gesamt-Erzählung angepasst, um einige im Bibel-Text anklingende Ungereimtheiten zu Mose´s Adoption von Pharaos Tochter zu vermeiden. Eine ausführliche Begründung hierfür mit Belegen aus Bibel-Text und Fach-Literatur (auch älterer, z.B. J.H.Breasted: *Geschichte Ägyptens*; Phaidon-Verlag, Zürich 1936) muss aber einem geplanten Buch zur Bibel vorbehalten bleiben.

02) **Die Tora** (Die Fünf Bücher Mose = Der Pentateuch) nach der deutschen Übersetzung von Moses Mendelssohn, Jüdische Verlagsanstalt, Berlin 2004.

03) **Wunder und Rätsel der heiligen Schrift**; Vlg. Das Beste; Stuttgart 1990; Projektltg. Ingrid Zeltwanger; Autoren: David Noel Freedman, Thomas L. Robinson und weitere.

04) Robert Alter: **The Art of Biblical Narrative**; Basic Books Inc; New York 1981.

05) Robin Lane Fox: **Die Geheimnisse der Bibel richtig entschlüsselt.** Legende und Wahrheit in der Bibel; Bechtermünz Vlg. mit Lizenz für Weltbild Vlg; Augsburg 2001.

06) Richard Elliot Friedman: **Wer schrieb die Bibel?** Anaconda Verlag, Köln 2007.

07) Christoph Levin: **Das Alte Testament**; Verlag C.H.Beck; München 2006.

08) Walter Simonis: **Über Gott und die Welt.** Gottes- und Schöpfungslehre; Patmos Vlg; Düsseldorf 2004. S. 188f Ansicht genereller Gleichheit von Glaube und Wissen im Rahmen von Überlegungen zur Möglichkeit bzw. Unmöglichkeit von Gottesbeweisen.

09) Rafael Girard: **Die ewigen Mayas**. Zivilisation und Geschichte; Rhein-Verlag, Zürich 1969. S. 362f: Mit einer >langen Kalender-Rechnung<, einem aus vielen Zeit-Zyklen bestehenden sog. "Long Count", versuchten die Maya-Priester das Desaster eines die Gesellschaft lähmenden, alle 52 Jahre zu befürchtenden Weltendes zu überwinden. Anmerkung (M.Köhlmann: **Die kosmischen Zyklen des Maya Kalenders**. In "2012- raum&zei**textra**, S. 8ff): Einer der Zyklen besteht aus 13x360x20x20 Tagen=5.125,26 Jahren. Er endet nach der heute gültigen Kalender-Umrechnung am 21.12.2012.

10) Dennis u. Barbara Tedlock (Hrsg): **Über den Rand des tiefen Canyon.** Lehren indianischer Schamanen; Lizenzausgabe 1981, u.a. für die Deutsche Buch Gemeinschaft Berlin; erschienen in der Reihe, "Bücher der Weisheit".

11) David Villaseñor: **Mandalas im Sand**; Iris Verlag; Obernhain 1975. David Villaseñor gibt neben der Sandmalerei auch dem Wesen der indianischen Schamanen Raum.

12) Michael Weiers: **Geschichte der Mongolen**; W.Kohlhammer Vlg, Stuttgart 2004. Dieses Buch ist empfehlenswert für das Verständnis von Lebensweise und Lebenswelt der Nomaden-Völker im Unterschied zu den sesshaften Ackerbau-Völkern.

13) Werner Keller: **Und die Bibel hat doch Recht**; Lizenzausgabe für Tosa Verlag, Wien 2003.